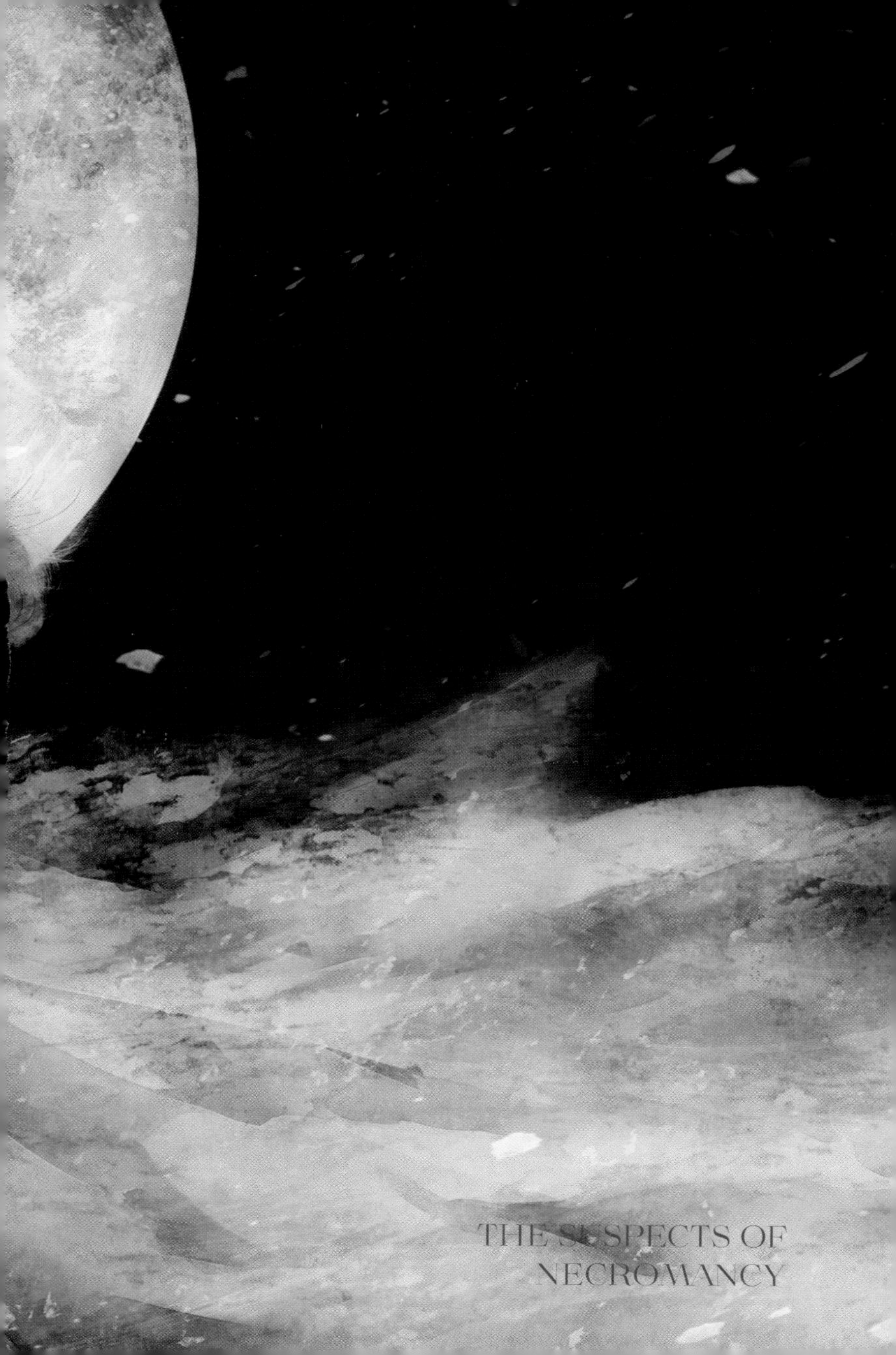
THE SUSPECTS OF
NECROMANCY

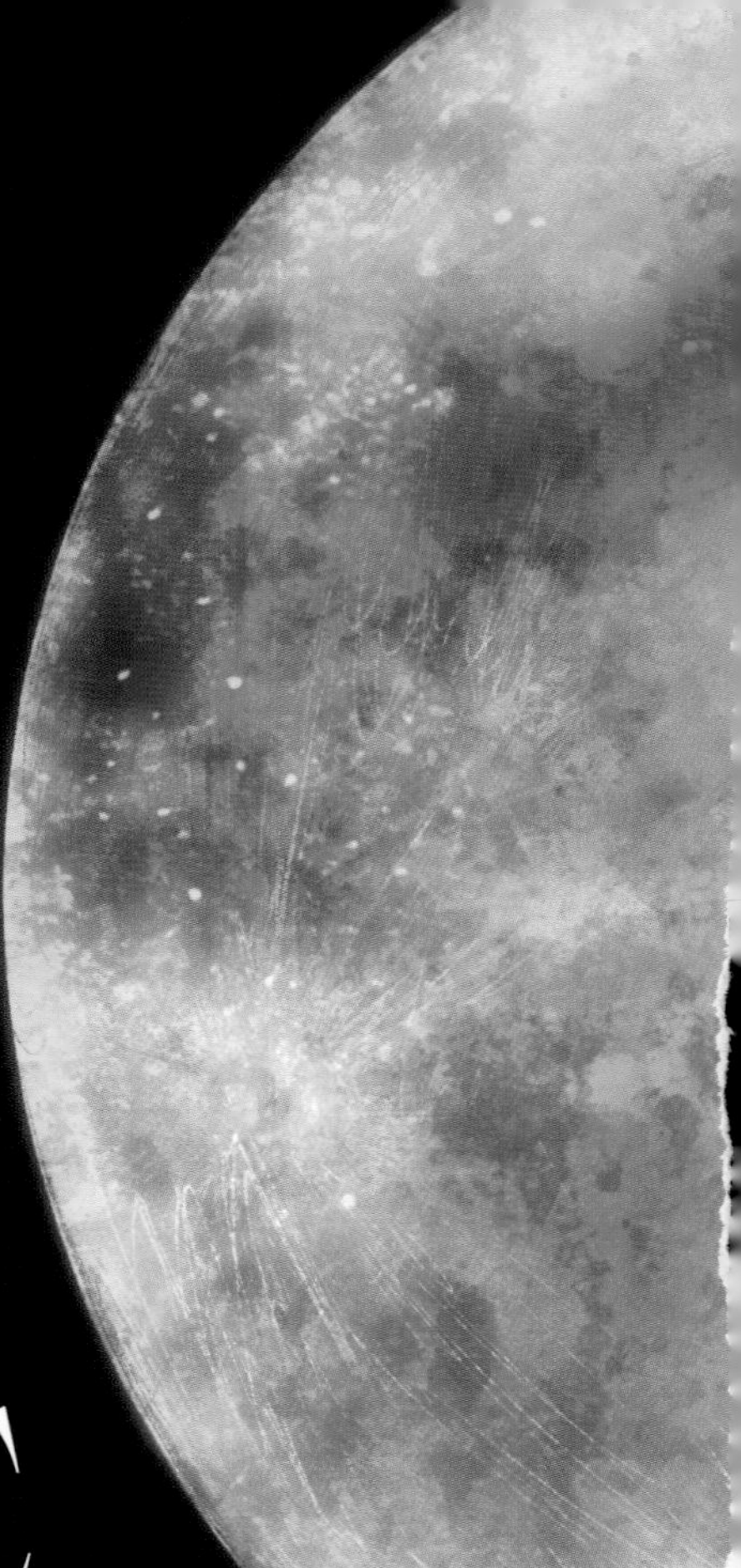

# THE SUSPECTS OF NECROM

*The princess of the moon, who became a wizard in search of love rather than eternity.*

*What she sought was a world of happiness.*

*The Sun King, in his quest to win the love of the moon princess,*

*proclaimed dominion over the world, all for the sake of a single proof.*

永遠ではなく愛を求めて、魔術師になった月の姫。

彼女が求めたのは幸せな世界。

太陽の王は月の姫の愛を得ようと、すべてを懸けて世界に覇を唱えた。

たったひとつの証を求めて。

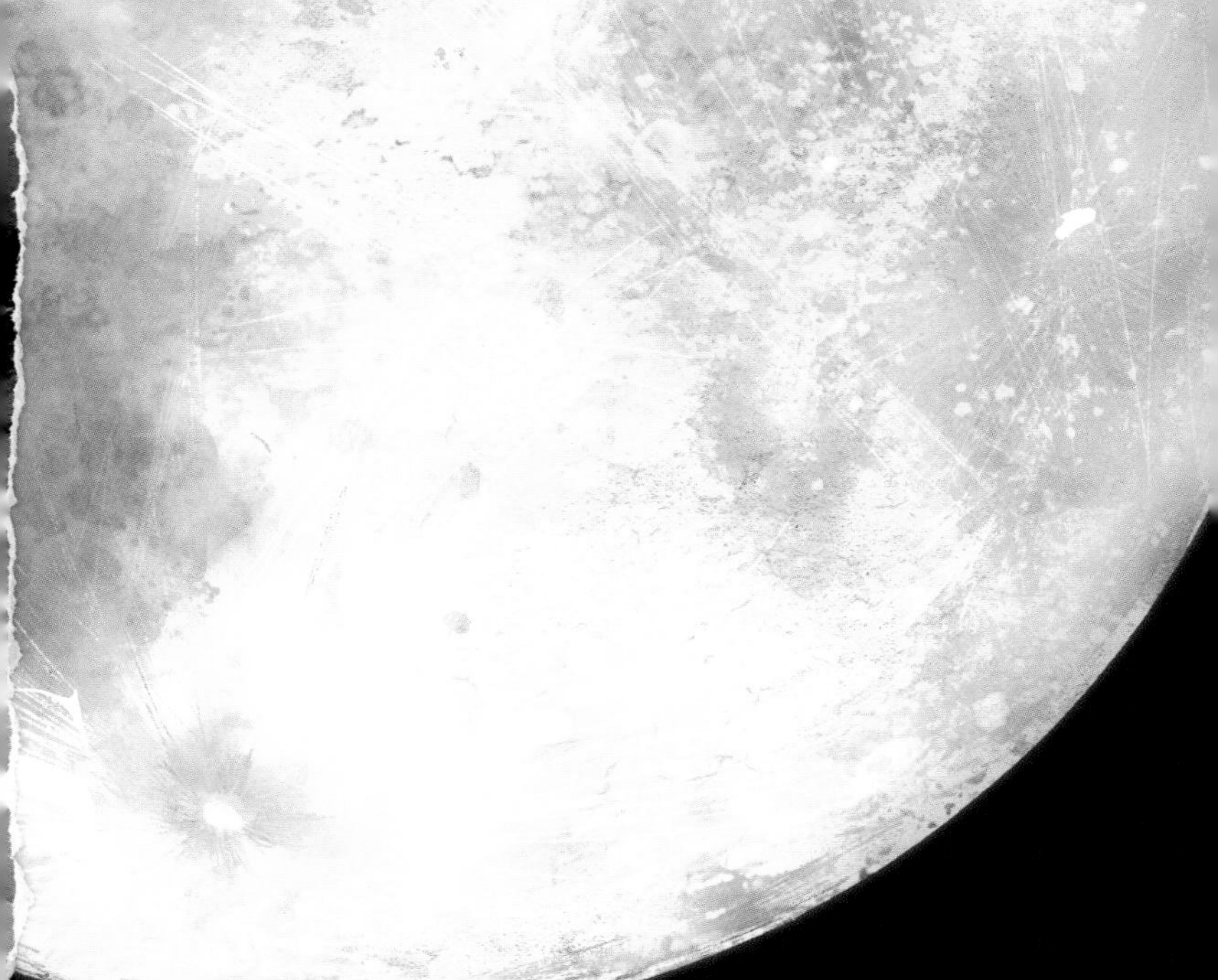

ANCY

# The Suspects of Necromancy

*The princess of the moon, who became a wizard in search of love rather than eternity.*
*What she sought was a world of happiness. The Sun King, in his quest to win the love of the moon princess,*
*proclaimed dominion over the world, all for the sake of a single proof.*

# 死霊魔術の容疑者

著　駄犬　画　遠田志帆

目次

# CONTENTS

*The princess of the moon, who became a wizard in search of love rather than eternity.*
*What she sought was a world of happiness. The Sun King, in his quest to win the love of the moon princess,*
*proclaimed dominion over the world, all for the sake of a single proof.*



The Suspects of Necromancy

# THE SUSPECTS OF NECROMANCY

# prologue

大きな部屋の真ん中に台が置かれていて、ぐるりと大勢の大人が取り巻いている。

そこにひとりの男が小さな子供を連れてきて、台に上げた。子供は大勢の大人たちの無遠慮な視線の的になった。台の上の子供は次々と入れ替わっていく。

見ている大人たちの反応が悪いと男は不機嫌になり、次に連れていく子供にきつく言い含めた。

「笑え！」「愛想良くしろ！」「もっと客に媚《こ》びろ！」

子供は肩をつかまれて揺すられ、むしろ表情が硬くなっていく。明らかに逆効果だった。

さらに後ろでその様子を見ていた少女は、自分もあんな風にされるのかと思って足を震わせた。

けれど、いざ少女の順番がやってくると、男は余裕のある笑みを浮かべた。

「おまえは立っているだけで良い」「台につまずいて傷を作ったりするなよ？」「目を大きく開いておけ」

少女が言われたことは、それだけだった。

男に連れられて、少女は台に向かった。

それだけで場はどよめいた。

「金髪に白い肌、赤い眼《め》だと？　アスラの民か？」

「本物か？　信じられん。見た目は純血だぞ？」

「しかし、あの赤い瞳は本物に違いない」

台に立った少女は、さっきまでとは違う、異様なまでの観察の視線にさらされた。

（怖い……）

少女は身をよじったが、逃げる場所など何処《どこ》にもない。

まわりを見回しても、少女のことをじっと見つめる目ばかりだった。

そして、大人たちは口々に何かを叫び始めた。

よく聞けば、叫んでいる言葉は数字だった。

（そういえば）

少女は思い返した。

（この台の上に立った子たちは、みんな数字を言われていた）

彼女にはそれが何を指し示すのかわからなかったが、他の子供のときは幾分投げやりだった大人たちの声が、怒号のように部屋の中を飛び交った。

しばらくすると、数字を言わなくなった大人たちが多くなり、彼らは少女のことを惜しむような睨《にら》むような目で見ている。

少女は早く台から降りたかったが、彼女を連れてきた男はやはり数字を叫んでいた。

「百だ、百！　それ以上はいないのか！」

その言葉に応える声は無く、場は打ちひしがれたような静寂に包まれた。

「よし！　百で落札だ！」

少女を連れてきた男は満足そうに告げた。

男は少女を台の上からゆっくりと下ろし、真剣な顔で言った。

「頼むから怪我をしないでくれよ？　少なくとも俺たちの手元から離れるまではな」

まるで願い事でも唱えているかのように。

☾

少女は綺麗に整えられた部屋に連れていかれると、「ここで待て」と指示を受けた。

言われた通り、そこで待っていると、しばらくして部屋の扉が開いた。

「よう、金貨百枚ちゃん。おまえのおかげで俺は破産寸前だ。頼むから高く売れてくれよ？」

やってきたのは、口元に笑みが張りついたような黒髪の男と、ちょっときつい顔をした赤髪の女だった。

ふたりとも身なりは良い。少なくとも、さっきまで少女と一緒にいた粗野な男よりかは。

「金貨百枚って何？」

少女は、黒髪の男が勝手に付けた呼び名が気になった。

「おまえの値打ちだよ。大したもんさ。なかなかその値段が付く人間はいない」

黒髪の男は薄く笑った。

「じゃあ、あなたは金貨何枚なの？」

自分を買った人間なのだから、さぞかし大きい数字になるのだろうと少女は思った。

しかし、黒髪の男は虚を衝かれたように一瞬真顔になって、それから顔に手をやって大笑いした。

「なるほど、なるほど。そいつは良い質問だ」

彼はさっきまでの笑みが偽りだったかのように、心から楽しそうな顔をしている。

「そうだな。俺はいくらになるかな？　どう思う？」

黒髪の男は、じっと少女を見つめていた赤髪の女に話をふった。

「あんたの値段？　そうさね。一応、教育は一通り受けているんだから、貴族用の使用人にはなるかもね。金貨5枚がいいとこだよ」

5枚と聞いて「それは少ない」と少女は考えた。さっきまで一緒だった子供たちの中にも、それくらいの数字を言われていた子はいたからだ。

「なかなか良い値段だな。つまり、俺はおまえの20分の1の価値しかないってことさ」

だが、黒髪の男は5枚という評価に満足しているようだった。

「にじゅうぶんのいち？」

少女にはその言葉の意味がよくわからなかった。彼女はその年にしては珍しく、百まで数えることができたのだが、それ以上の数字に関する知識はなかった。

「つまり、俺が20人いたら、おまえと同じ価値になるってことさ」

（やっぱり少ない。何でそんな人がわたしを買えるのだろうか？）

少女は訝《いぶか》し気な表情を浮かべた。

「不服そうだな？　自分より安い男に買われたことが」

黒髪の男はその顔を見て、少女の考えていたことを言い当てた。

「まあそんなもんさ。人間の価値は金貨だけで決まるわけじゃない。でも、おまえは人間である前に売り物だ。値段が高いに越したことはない」

それを聞いて、赤髪の女が少し嫌そうな顔をしている。

「高いと良いことがあるの？」

「もちろん、良いことはある。おまえのまわりのガキどもはどんな扱いを受けていた？　おまえと同じように扱われていたか？」

言われて少女は考えた。他の子供たちは、自分より乱暴に扱われていた。すぐに叩《たた》かれていたし、檻《おり》に入れられていたこともあった。

少女自身は叩かれたことはないし、檻に入ったこともない。代わりに文字の読み方とか数字とか色んなことを教えられたりした。あの小さな世界の中で少女は特別だった。

それは自分に金貨百枚の価値があったからなのだろう、と少女は思った。

「もっと高い値段になると、もっと良いことがある？」

黒髪の男と赤髪の女は顔を見合わせた。

「当たり前だろう？　価値が高いヤツは大切にされる。大切にしないと買った意味が無くなっちまうからな。金をドブに捨てるようなものだ」

「金貨百枚より上っていくつ？」

少女は百以上の数を知らない。

「それはわたしが教えてやるよ」

赤髪の女がしゃがみ込んで、目線を少女の高さに合わせた。彼女が少女を見る目は他の人間のものとは違い、温かみがあった。

「百以上の数字の数も、読み書きも、家事も何もかも、おまえが生きていくのに必要なことは全部教えてやる」

「それを覚えたら、高い値段になるの？」

「こいつの言うことを聞いていれば高い値段になる。みんな幸せになれる」

黒髪の男が気安く請《う》け合った。

（本当かなぁ？）

少女には、軽薄な感じのする黒髪の男の言う事があまり信じられなかった。

しかし、しゃがんだままの赤髪の女は真剣な目で少女を見ていた。

「他人に付けられた価値なんかどうでもいいの。自分で自分に価値を見いださないと、生きていくのはつらいものよ。あんたはまだ小さいからわからないかもしれないけど、『自分には価値がある』と思えれば、きっと幸せになれる。そのために色んなことを覚えなきゃいけないの。あんたの瞳や髪や肌にはそれだけで金貨百枚の価値がついたけど、それはあんた自身が努力して身に付けたものじゃない。

それに価値がなくなったとき、あんたには何もなくなってしまう。だから、頑張りなさい。自分の力で得た物にこそ価値はあるのだから」

少女には彼女の言っている内容がよくわからなかった。わからなかったけれども、嘘を言っていないことだけはわかった。

だから、少女は思った。

（わたしは価値があるものになろう）

それが、少女がはっきりと覚えている最初の記憶だった。

# 1

その少女は魔導士《まどうし》が被るような白いフードで頭から足元まですっぽり覆い、街の中をゆっくり歩いていた。

表情はよく見えない。

出入りしている薬屋の話では、あまり印象に残らない顔だという。

出来の良い薬をおろしているのに、顔を覚えていないというのはおかしな話だ。

恐らく何かしらの術を使っているのだろう。存在感を消す護符というものがあって、魔法使いたちの間では有名らしい。そういったものを少女が持たされている可能性が高い。

「お嬢さん、ちょっと話を聞かせてくれないかな?」

わたしはふたりの部下を連れて、路地から出ると、少女を囲い込むようにして話しかけた。

彼女はビクリと驚いて立ち止まり、突然現れたこちらの姿を確認した。

我々が着ている鎧《よろい》にはラーマ国の紋章が刻まれており、それが身元の確かさを示している。

「……騎士様?」

少女は小首を傾《かし》げた。自分が何故呼び止められたのか、わかっていないのだろう。

わたしはフードの中に隠れていた少女の顔を見た。

赤い眼、白い肌に金色の髪。……アスラの民の血を引く者か？

年は16くらいだろうか。顔立ちも整っていて美しい。

この顔が記憶に残らないわけがなかった。首に下げている小さな木の札のようなものが、恐らく例の護符なのだろう。

「君に話があるんだ。悪い話じゃない。ちょっと騎士団の詰め所まで来てくれないか？」

わたしは敵意がないことをアピールするために、努めて笑顔を浮かべた。

「どんなお話？」

少女が尋ねた。その顔に怯えはない。接触はまずまず成功したようだ。

「君と一緒に住んでいる人物についてだよ。何、我々がその人をどうこうしようというわけじゃない。逆に思っていた通りの人物だった場合、守りたいんだ」

「守る？　師匠を？」

師弟関係だったのか。少女が使用人という可能性も考えていた。

「うん。まずは君の師匠が我々が捜していた人物かどうかを確かめたいんだ。ただ、人に聞かれたくない話なのでね。ちょっと詰め所まで来てもらってもいいかな？」

「……わかったわ。あまり遅くならないようにしてね？」

ささやかな要望を述べて、少女は素直に従ってくれた。

無理矢理連れて行くのは避けたかったので、こちらとしても一安心だ。

「ああ、できるだけ時間を取らないようにしよう。わたしはコンラート。見ての通りラーマ国の騎士団に所属する者だ。君の名を教えてもらってもいいかな?」

「ルナよ」

「ルナ……良い名だ。じゃあ早速行こうか」

わたしは部下のふたりにルナの両脇を固めさせると、そのまま詰め所へと向かった。

わたしが所属する騎士団の詰め所は、街の大通り沿いにあった。

通りの建物の中でも、詰め所は大きな部類に入る。この騎士団の主な役割は治安維持なので、存在を誇示する必要があるからだ。

その任務は犯罪者の取り締まりに留まらず、内部調査や密偵、ときには魔物の討伐など多岐に及ぶ。

騎士の任務としてはあまり好まれないが、今の王が王子の時分に創設したものであり、王国が民のために働いていることを示すための組織でもある。

もっとも実際に動くのは騎士の下についている兵士たちの役割で、今回のようにわたしたち騎士が直接動くのは珍しい。それほど、ルナが関係している件は重要だった。

わたしは詰め所内のできるだけ綺麗な部屋にルナを案内した。威圧感を与えないよう、話を聞くのはわたしひとり。連れていたふたりの部下は、話が盗み聞きされないよう、扉の外で見張らせている。

テーブルを隔てて、ルナと向かい合わせになった。テーブルには運ばせてきたティーポットとカップがふたつ。茶は、こちらが気遣いをしていることの表れだ。

ルナはカップを口元に運ぶと、少し香りを楽しんでから飲んだ。緊張はしていないようだ。

「まずはその護符を外してもらってもいいかな？　何らかの魔力的な効果があるのだろう？」

「これ？　いいわよ」

ルナはあっさり護符を首から外すと懐《ふところ》へしまった。これで話の内容を忘れるようなことはないはずだ。

「まずは君の生い立ちを聞いてもいいかな？　見たところ、アスラの民の生き残りのようだがあっているかい？」

アスラの民というのは、その昔、世界を支配していたと言われている民族である。特徴としては、金髪、赤眼、白い肌、そして生まれながらに強い魔力を持っており、魔法使いとしての適性が極めて高い。

アスラの民は強力な魔法の力で世界を支配し、他の民族を奴隷《どれい》として扱っていた。

しかし、少数民族だったため、その数自体は少なかったようだ。あるとき、奴隷にされていた我々の祖先が反乱を起こし、大きな戦いとなった。

アスラの民はみな優れた魔法使いたちだったが、奴隷たちの圧倒的な数の前に敗れ、滅亡したとされる。その後もアスラの民は忌避《きひ》の対象となり、徹底的に弾圧されたらしい。

だが、それも千年以上遠い昔の話。その当時は魔法自体が禁忌《きんき》とされたようだが、今となっては魔法使いは貴重な存在である。

時折、先祖返りとして現れるアスラの血を受け継いだ者たちも、どちらかと言えば珍重されているくらいだ。

「自分ではよくわからないわ。物心ついたときは人買いのところにいたもの」

なるほど。アスラの血を引く者は稀《まれ》であり、高く取引されていたという噂だ。昔は人身売買が盛んに行われていたが、現在は違法で罪に問われる。それでも、闇で取引を行っている者はいるようだ。

「そうか、それは大変だったね」

人買いのところにいたのだから、きっと幼少期は酷《ひど》い目にあっていたのだろう。

「そうでもないわ。貴重な商品として扱われていたもの。読み書きだって教えてくれたしね。多分、師匠に買われた後のほうが大変だったわ。何せ研究以外は何もしない人だったし。連れていかれた屋敷があまりにも汚くて、わたしはお掃除から始めたもの。あのときが一番大変だったわ」

ルナは明るく答えた。

ちょっと想像と違ったが、わたしは質問を続けた。

「じゃあ、その君の師匠の名前を教えてくれないか？」

「カーンよ」

カーン。知らない名前だ。大魔導士ローガンだと思っていたが。偽名だろうか？

ローガンは伝説の魔導士で未《いま》だに生きているかはわからないが、今回の件はかなり高位の魔導士が関与しているはずだった。

「我々はカーンを魔導士だと思っているが、それで合っているかな？」

「合っているわ」

「魔導士としての実力はかなり高い？」

「どうかしら？　よくわからないわ。師匠は普通の魔導士とはちょっと違うから、簡単に比べられないのよ」

「どう違うんだい？」

「研究している魔法がちょっと特別で……あんまり言いたくないわ」

「大丈夫。秘密は守るよ。わたしはこの国で一番口が堅い騎士として有名なんだ」

そう言うとわたしは片目をつぶって微笑《ほほえ》んだ。大抵の女性はこれで信じてくれる。

ルナは少し思案してから口を開いた。

「……わかったわ。死霊《しりょう》魔術を研究しているの。ちょっと気持ち悪いでしょう？　世間体が悪いから秘密にしてね？」

死霊魔術。死者と通じて未来や過去を視《み》る魔術。死体をグールという魔物に、骨をスケルトンという魔物にして操るとも言われているが、今では学ぶ者がなく、その実態はよくわからない。

しかし、わたしが捜している魔導士はその死霊魔術の使い手だった。

「なるほど。もちろん、誰にも他言はしないと誓おう。絶対にね。それでその……死霊魔術はどれくらいのレベルで使えるのかな？　一度にたくさんの死体を操るとか、そういうことができる？」

「どうかしら？　グールは気持ち悪いから使わないようにお願いしているの。代わりに家には何体かスケルトンがいるわ。まあ、使用人みたいなものね」

スケルトンが使用人……骸骨が調理したり、掃除したりするのだろうか？

なかなかシュールな光景だ。そんな屋敷が近所にあったら、わたしはすぐに引っ越すことだろう。

ルナの感覚も大分世間の感覚とズレているようだ。まあ、育った環境を考えれば、仕方がないのかもしれない。

「それはなかなか高位の術者のようにも思えるが……どうだろう、カーンのことをもっと話してもらってもいいかな？　彼がどんな人物なのか知りたいんだ。ずっと一緒に暮らしているなら、君のことから話してもらってもいい」

「わたしのことでいいなら、別に構わないわよ」

こうしてルナは語りだした。

# 2

わたしは人買いのメイソンのところにずっといたの。その前は人さらいのところにいたみたいだけど、それはよく覚えていないわ。

両親？　わからないわ。興味がないわけじゃないけど、メイソンも知らなかったみたいだしね。

捨てたか、奪われたか、さらわれたか。何にしても、あまり楽しい話にならないと思うから。

それにね、メイソンのところは、別に嫌な場所ではなかったのよ。

人を扱った商売をしているだけあって、大きな屋敷でね。長い廊下をよく覚えているわ。いつもわたしたちが、その長い廊下をピカピカに磨き上げていたの。それがとても大変だったからね。

屋敷は外も中も、いつもきちんと綺麗にしていたのよ。

で、メイソンは妻のモリーと一緒に人買いの商売をしていたの。

メイソンはね、あの当時で30代半ばくらいだったかしら？　黒髪で背が高くて、いつもニヤついている感じだったけど、顔は結構よかったわよ。顎《あご》に傷が多かったけどね。

モリーはね、長い赤髪で顔は綺麗だけど気が強そうで、見るからにおっかない感じの人だったわ。女性にしては背が高くて、スタイルも良くて、年はメイソンと同じくらいかな？

人買いとしてのふたりの評判は結構良かったみたい。

人買いの評判が良いのはおかしい？

そんなことはないわよ。人買いだって商売だしね、良し悪しはあるの。お金を出して買った商品が使い物にならなかったら、あなただって怒るでしょう？

それと同じよ。メイソンが売った子供は、質が高いことで知られていたのよ。

メイソンはね、子供を安く買って高く売るのが得意だったの。

付加価値って言うのかしら？

子供に読み書きとかマナーとか家事とか徹底的に教え込んで、それから売りに出すの。相手は大抵貴族とか商人みたいなお金持ちが多かったみたいね。

労働力として買われることが多いんだけど、やっぱりあらかじめ教育が施してあると、使い勝手が全然違うみたいよ。重宝されるから、扱いも良くなるみたいだしね。

質が良いから、稀に養子として買っていく人もいたわ。

メイソンがよく言っていたわ。

「うちは売られた人間、買った人間、売った自分たち、みんなが幸せになる素晴らしい商売だ」ってね。

とんでもないヤツ？

そうね。もちろん、人買いが素晴らしい商売だとは思わないけど、少なくとも他の人買いのところよりかは良かったと思うわ。

わたしも後で知ったことだけど、ほとんどの人買いは買って売るだけ。商品である人の扱いも粗雑なものらしいじゃない。それを思えば本当に……。

あ、でも妻のモリーは厳しかったわよ？

子供たちからは悪魔のように恐れられていたわ。

家事とか勉強とかマナーとか、ちょっとでもミスをすると、こっぴどく怒られるの。

わたしは要領が良かったし、勉強もできたから、そこまで酷い目には合わなかったけど、仲の良かったドロシーなんかはしょっちゅう怒られていたわ。

「何でそんなこともできないの⁉」って怒鳴って、頭を拳骨で叩くのよ？

あれは痛かったわ。

頭を叩くのはね、身体を叩いて痕が残ると商品価値が下がるからなの。

いっそ、おしりとかを叩いて欲しかったわよ。本当にあの痛みは忘れられないわ。

随分時間が経った、今でもね。

それで叩いた後に、

「こういう風にやるのよっ！」って、きっちり手本を示すの。

モリーは言うだけあって、何でも完璧にできたわ。

今思うと、何で人買いなんかやっているのか不思議なくらい、礼儀作法に学問に家事と色々できた。

でもね、子供にとって、それってプレッシャーなのよね。そんなに完璧に同じようにできるはずがないもの。

モリーは手本を示した後にもう一度説明して、子供に同じようにやらせて、できるようになるまで許さないの。

ドロシーは毎晩のように泣いていたわ。

「もう嫌。こんなところにいたくない。早く誰かに買われたい」って。

でもまあ、あれだけ怒られると嫌でも覚えるようになるのよね。

最初はよく怒られていたドロシーも、だんだんできるようになっていったわ。

え？　師匠が出てこないって？

そうね、わたしはあんまりお喋《しゃべ》りが上手じゃないの。

何せ、人とあんまり喋ることがないから、たまに話すと、ついつい、いっぱい喋ってしまうのね。

だから我慢して聞いて？　そのうち師匠も出てくるから。

あ、でもドロシーのほうが、わたしよりも先に買われたのよ。

言っておくけど、わたしは高値で売るために取っておかれただけだからね？

わたしはアスラの民っていうことで価値が高かったから、メイソンはすぐに売るような真似はしなかったのよ。

……えっとそれで、ドロシーを買っていったのは、優しそうな初老の貴族だったわ。

メイソンはね、客を選ぶのよ。せっかく丁寧に育てたんだから、ちゃんと使ってくれる客を選ぶわけ。消耗品扱いですぐにダメにしてしまうような相手には売らなかった。

そういう人って、ダメになった理由を売った人間とか人買いのせいにするから、金払いが良くても、長期的に見ると良くないって、メイソンが言っていたわ。自分たちの評判に関わるからね。


「優良な商売には優良な顧客が必須だ」

とメイソンがよく言っていた。

そういうわけで、ドロシーは喜んでいたわ。買ってくれる客がモリーよりは優しそうだったからね。

「やっと、こんなところから離れられる」

そう言って、ニコニコ笑っていたのを覚えている。

反対にモリーは子供たちが売られていくとき、いつも不機嫌だった。

「あの子はまだちゃんとできていないのに」

そんな風にメイソンに文句を言っていたわ。

メイソンは商売第一で、モリーは教育第一で、何だかんだでバランスのとれていた人買いの夫妻だったと思うわ。


それでね、ここでようやく師匠が登場するのよ。

あるとき、陰気な魔導士がわたしのことを見たいって、やって来たの。みすぼらしい黒いフードを被った魔導士よ。灰色の髪の毛に無精髭《ぶしょうひげ》、年齢も若いんだか、年をとっているんだか、よくわからなかったわ。

一応、どっかの貴族の紹介状を持っていたみたいで、メイソンが恭《うやうや》しく相手をしていたのを覚えている。

で、その魔導士がわたしのことをじっと見るわけ。

特にこの赤い眼を覗《のぞ》き込むように見ていたわ。ちょっと気持ち悪かった。

メイソンは一生懸命アピールしたわ。

「この子は頭が良くて読み書きは完璧、マナーもそのへんの貴族の令嬢よりもわかっています。何なら家事だってこなせるんですよ？」

本当のことよ？　わたし何でもできるんだから。貴族のマナーは長い間使ってないから、大分忘れちゃったけど、そのときはできたのよ。

で、その陰気な魔導士が師匠だったわけ。

師匠はあんまりメイソンの言っていたことに興味を示さなかったわ。

わたしがアスラの民であることが重要だったみたい。

メイソンはわたしの良いところをいっぱい並べた後に、申し訳なさそうに言ったの。

「それで、アスラの民で教育もしっかり施しているので、値段のほうは大分高くつきましてね。正直、貴族の方でもなかなか出せる金額ではないのですが……」

多分、メイソンは師匠が本当に買えるだなんて、考えてなかったんでしょうね。お金なんて持ってなさそうな身なりだったもの。期待してなかったと思うわ。

でも師匠は提示された金額を見て即決したの。

「その金額で買おう」

わたしもビックリしたわ。今まで何人かの貴族に目通しされたけど、正直一番貧乏そうな人だったもの。

「わたし、こんな人に買われちゃうの？」ってショックだった。

メイソンは喜んでいたわ。まさか、その値段で売れるとは思ってなかったみたいだから。


それで、その日の夜は最後の晩餐《ばんさん》よ。

売られていく子が一番好きな料理を、モリーが作ってくれるの。最後だけね。

わたしはお肉が好きだったから、モリーが得意な肉料理を頼んだわ。

モリーはね、料理も得意なの。わたしもドロシーも、モリーから料理を学んだんだけど、モリーほどは美味《おい》しく作れなかったわ。

それでその最後の晩餐でモリーは口を酸《す》っぱくして言うわけ。

「ルナ、あんたはこのわたしが仕込んだんだから、うちの看板に傷をつけないようにちゃんとやりなさいよ」ってね。

あんまりうるさくて、せっかくの料理が楽しめなかったわ。

あとは、

「いつも笑って、言われたことはすぐにやるのよ？　むしろ、言われる前に行動するくらいの心構えでいなさい」

とか言っていたわね。

他にも何か言っていた気もするけど忘れちゃったわ。とにかく事細かく注意するわけ。

それだけ信用商売だったたってことね。

メイソンはなかなか売れなかった高額商品が売れたことで、ご機嫌だったことを覚えている。

「あんな金額をポンと払ってくれるなんて上客だ。ひょっとしたら、他にもまた買ってくれるかもしれないから、おまえもしっかりやれよ」って言っていたわ。

メイソンとモリーの夫婦はやっぱり悪い人ではなかったわね。

ああいう人買いに買われて、運が良かったと思うわ。

むしろ師匠のほうが問題だったのよ。

# episode 1

その屋敷は大きかった。少なくとも幼いルナにとっては。

左右に広く、対称的に作られていて、外壁は黒い石造りで見る者に威圧感を与える。

入り口には頑丈そうな鉄製の門。周囲は大人でも乗り越えられそうにないレンガ造りの高い壁で囲われている。

ここに入ったら二度と出られないのではないか、とルナは思った。

「屋敷にはおまえと同じくらいのガキがいっぱいいる」

メイソンが指差した先には、確かにルナと似たような年齢の子供たちがいた。

彼らは屋敷の庭の掃除をせっせとしているが、どことなく楽しそうな雰囲気で、その様子にルナは胸を撫で下ろした。そんなに悪い場所ではなさそうだと。

ところがその様子を見たモリーは勢いよく門を開けると、肩を怒らせて屋敷の中へと入って行った。

メイソンは苦笑いして、その背を見送った。

モリーの姿を発見した子供たちは飛び上がるほど驚いて、掃除をする動きがさっきまでの倍くらいの速度に変わった。

「何やってるんだい！」

モリーが大声をあげた。

「ちんたらやる掃除に価値なんてないよ！　いいかい！　人に見られているからやる行動なんかに、まったく価値なんてないんだからね！　つまり、おまえたち自身に価値がないってことだよ！　自分の意思でやってこそ意味があるんだ！　やらされているうちは半人前だと何度言ったらわかるんだい！　そんなんじゃ、誰からも評価されないし、誰にも買ってもらえない！この屋敷から出られないまま一生を終えたいのかい⁉」

さっきまで楽しそうだった子供たちは涙目になっている。

ルナの身体《からだ》もすくんでいた。ルナはモリーのことを良い人だと思っていたため、彼女の怒る姿にショックを受けたのだ。

そのうち、屋敷の中から大人の女性が飛び出してきて、子供たちと一緒になってモリーに怒られ始めていた。

どうやら留守を任されていた使用人らしい。人の良さそうな中年のおばさんだった。

「あんたが甘やかすから、子供たちが怠けるんだよ？」

「でも、奥様。こんな小さな子たちに厳しくするのは可哀そうで……」

使用人は何とか子供たちをかばおうとしていた。

まったくその通りだ、とルナは思った。あんな勢いで怒られたら、自分だって泣いてしまうだろうと。

ルナは心の中で使用人を応援した。どう考えてもモリーのほうが悪い人に見えるからだ。

「下手な同情をかけるほうが子供たちには毒だって、何度言えばわかるの？　小さいうちに仕込まないと駄目になるだけだよ。大きくなればなるほど、身に付かなくなっていくんだから。この子たちは売り物だ。高価な売り物なら大切にされるだろうけど、安い売り物は使い捨てにされる。わたしはそんな人間を何人も見てきたんだからね！」

モリーの怒りはとどまることを知らない。

見かねたメイソンが、ルナを連れて仲裁に入っていった。

「それくらいにしておけ、モリー」

メイソンがモリーの肩をつかんだ。

「ルナがビックリしているぞ？　新入りにはなかなか衝撃的な光景だ。ショックで今日は寝られなくなっちまうかもしれない。だからな、そのへんにしておけ」

モリーはルナを見ると、少し気まずそうな顔をした。

使用人と掃除をしていた子供たちは、メイソンの登場にあからさまにホッとした表情を浮かべている。

（あれ？　ひょっとしてメイソンのほうが良い人なの？）

態度と言葉の軽いメイソンのことを、ルナはあまり信用していなかったが、怖いモリーを止めたことによって、彼の評価は良い方に傾いた。

「驚いたか、ルナ？　驚いたよな？」

メイソンの呼びかけに、ルナは何度も頷いた。

「でもな、モリーの言っていることが正しいんだぞ？　おまえたちは売り物だ。高く売れないと俺たちは困る。おまえたちもロクでもないところに売られて困る。だから、できるだけ自分の価値を上げることが幸せになる唯一の方法だ。それに多分……」

メイソンがモリーの腰に手をまわして抱き寄せた。

「世界で一番おまえたちのことを考えているのは、こいつだよ」

☾

ルナは自分は特別なのだろうと思っていた。何せ金貨百枚なのだ。他の子とはきっと違う扱いになるに違いないと考えていた。

だから、モリーに怒られることもなければ、叩かれることもないだろうと。

実際、ルナはここに来る前も特別な扱いを受けていた。彼女がそう考えるのも無理はない。

ところが、モリーはルナのことを特別扱いしなかった。

屋敷に入るなり、古びた壺《つぼ》を渡してきたのだ。

「今日は疲れているだろうから、壺磨きで勘弁してあげるよ」

実際、ルナは疲れていた。屋敷に来るまでに、長い時間馬車に乗っていたのだ。

できれば休ませて欲しいところだったが、さっきのモリーの姿を想像したら、とてもそんなことは言えなかった。

壺を渡した後、モリーはその部屋から出て行った。

ルナは仕方なしに渡された布で壺を磨き始めたのだが、その後、屋敷のあちこちからモリーの怒鳴り声が聞こえてきて、壺を磨く手が震えた。


それほど間を置かず、モリーは部屋に戻ってきた。

ルナは一応壺を磨き終えていた。早くできたほうなのではないかと自信もあった。

「何だい、その壺は？」

ルナの期待とは裏腹にモリーは冷淡だった。

「さっきと何も変わっていないじゃないか？　あんたに与えた仕事は、ただ壺を布で拭くことじゃない。壺をさっきまでとは違うものにすることだ。それができなければ、あんたの仕事を評価する者なんていやしないよ？」

ルナから壺と布をひったくると、モリーは壺を磨き始めた。

その動きは素早く丁寧で、ルナのように大雑把に全体を拭くのではなく、細かい紋様のところはその凹凸に合わせて入念に拭いた。一度磨き終えた後、モリーは近くにあった水差しを使って布を湿らせて、汚れのあるところをもう一度磨き始めた。

それが終わると、壺は見違えるように美しいものへと変貌を遂げた。

しかし、ルナはそれを素直に認めたくなかった。

「水差しを使っていいだなんて知らなかったわ」

そのことを知っていれば、自分はもっと上手《うま》くできたと思ったのだ。

「水を使えばもっと綺麗に磨けると思ったのなら、水を探せば良い」

モリーはルナのささやかな抗議を受け付けなかった。

「人に聞いたっていいんだ。必要なものが最初から全部そろっているなんて、そんなことはありはしない。必要なものは自分でそろえるという意思を持つんだ。受け身になってはいけない。言われたことをやるだけの人間に、人は大した価値を見い出さない。言われた以上のことをやってみせて、ようやくその人間のことを認めるのよ」

モリーは磨き終えた壺を、窓の近くのテーブルの上に置いた。日差しを浴びた壺は輝きを放って、何かとても素晴らしい物のように見えた。

「自分の意思を持って仕事をしなさい、ルナ。生きていくには、それが一番大事なことよ。あんたは売り物かもしれないけど、その前にひとりの人間なの。だから、与えられた仕事に自分の意思を示しなさい。あんたの人生はきっとその先にあるわ」

ルナにはモリーの言っていることがよくわからなかった。けれど、モリーが磨いた壺はピカピカで、確かに価値のある物に思えた。

なるほど、モリーみたいな仕事ができれば自分の価値は上がるだろう、そうルナは納得したのだった。

「モリーは悪魔よ。決まっているじゃない」

ルナに割り当てられた部屋には、ドロシーという同じくらいの年の少女が先にいた。

ドロシーはルナが来る少し前に、メイソンに買われて、ここにやってきたという。

同じ部屋といっても、ルナもドロシーも朝から晩までずっと仕事をさせられているので、なかなか話すことはできないのだが、寝る前のわずかな時間におしゃべりをしていた。

もっとも、ふたりとも疲れ果てているので、すぐに寝入ってしまうことが多い。

「いっつも怒ってばかりで、わたしたちに仕事ばかりさせて、あんなひどい人間は他に見たことがないわ」

ドロシーはモリーへの愚痴ばかりこぼしていた。

ルナはというと、ドロシーが怒られた話を愛想良く聞きながら、どうすれば自分は怒られなくて済むかを考えていた。

どういう理由で怒られるのか、どういう風に立ち振る舞えばいいのか、自分たちには一体何を望まれているのかを考えながら、眠りについていた。

ルナはドロシーのことを友達と思ってはいたが、同時に絶対に負けてはいけない相手だとも思っていた。ドロシーだけではない。屋敷にいたすべての子供よりも上手くやってやろうと闘志を燃やしていた。

（だって、わたしは金貨百枚なのだから）

それはルナの拠《よ》り所《どころ》であり、プライドでもあった。自分は誰よりも価値がある人間だと自負しており、金貨百枚よりもさらに高くなることが彼女の目標になっている。

結果として、ルナは強い意志をもって労働に取り組み、勉強をし、マナーを身に付けていった。

ルナより先に屋敷にいた子供たちは、何であんなに一生懸命やるのかと不思議に思い、後から入ってきた子供たちは、颯爽《さっそう》と行動するルナの姿に憧れるようになった。

そうしてルナは自分の価値を高めていったものの、かえって値段が高くなり過ぎて、なかなか売れなくなるという状況に陥った。

メイソンは適当な値段で妥協したかったもののモリーが納得せず、ルナはもっとも長く屋敷に滞在した子供となった。

しかし、ルナの屋敷での日々もついには終わりを迎える。

ある魔導士がルナを言い値で買ったのだ。

金貨五百枚。

モリーの教育もあって、ルナは自分の価値を5倍にまで高めることに成功したのだった。

# 3

師匠に買われた後は、馬車に乗って長い距離を移動して、この王都に連れてこられたの。

道中も全然会話がなかったわ。わたしは気に入られようと一生懸命喋るんだけど、師匠は必要なことしか返事をしてくれないの。

一応、わたしを買った目的を聞いたんだけど、

「弟子にするためだ」

とだけ言われたわ。魔法使いの弟子よ？

まあ、アスラの血のことを考えたら、おかしくない話かもしれないけど、わたしは魔法使いになろうと思ったことは全然なかったし、モリーに魔法の勉強なんて教わってなかったから不安になったわ。

でも高いお金を払って買ってくれたんだから、期待には添わないといけないのよ。

え？　人を買うようなヤツの言うことを何で素直に聞くのか？

当たり前じゃない！　お金を払ったのよ？　あの金額のお金を稼ぐのって、どれだけ大変かわかってる？　騎士様のお給料じゃ10年かかっても払えないわよ？

師匠はわたしにその金額の価値を見出してくれたの。

その期待に応えることが、わたしにとって重要な事なのよ。

人の価値はお金では測れない？

人買いの家にいたわたしたちにとって、自分の価値は金額だったの。

もちろん、間違った価値観かもしれないわ。

でもね、モリーの厳しい教育を受けてきたわたしには、プライドってものがあったのよ。

絶対にそれ以上の価値を示して見せる、ってね。

だから、魔法使いの弟子になるって教えられたときは、とりあえず形から入ろうと思って、「師匠」って呼ぶことにしたのよ。

初めて、師匠って呼んだときは、ちょっとだけ変な反応をしたわ。最初だけね。すぐに慣れちゃったけどね。

それで師匠に連れていかれた家は、大きな墓地のすぐそばにある立派な屋敷だったの。

立派なのよ。大きさだけはね。元は白いお屋敷だったはずなのに、建物は蔦《つた》に覆われて、庭は雑草が生え放題。風も吹いていないのに、扉か窓だかが軋《きし》むような音を立てているのよ。悪い意味で雰囲気があったわ。門のところは朽《く》ちかけているし。

その日は晴天だったはずなのに、ここだけが曇っているんじゃないかって錯覚したくらいよ。見るからに陰気で不吉な感じで、近寄りたくない感じだったわ。廃墟だって、もう少し愛想の良い外見をしてるわよ。

師匠のことを調べていたんだから、あなたたちも知っているでしょう？

でもね、あれって結界なんだって。

そういう近寄りがたい心証を植え付けることで、人が寄ってこないようにするのよ。

だから、行きたくないと思うのが普通なの。

墓地も近いから余計にそういう結界が張りやすかったみたい。死霊魔術を専門にしている師匠にとっては、墓地が近いってことも好都合だったしね。

まあ限度ってものがあるとは思うけど。


それで屋敷の中に入ってみて驚いたわ。

きったないの！

蜘蛛《くも》の巣はそこら中にあるし、人の骨みたいなのが落ちているし、よくわかんないものがそこらじゅうに乱雑に散らばっているしで最悪よ。

結界が張られてなくたって、誰もこんな家に入らないわ。泥棒だって逃げ出すわよ。

モリーがいつも綺麗にしていた人買いの屋敷とは大違い。

背筋がゾッとしたわ。「こんな家で暮らすことなんかできない！」って。

だから、すぐ師匠に言ったの。

「お願いがあります！」

「何だ？」

「掃除させて下さい！」

「帰りたいというのなら……掃除？」

師匠は何とも言い難い表情をしていたわ。

それで屋敷を見回してから、ポツリと言ったの。

「……ひょっとして汚いのか？」

「はい、ひょっとしなくても汚いです」

「……そうか。わかった。掃除してくれ」

「掃除道具はありますか？」

「使ってないからわからんが、どこかにはあった」

それで屋敷内の探索からスタートよ。

幽霊屋敷のゴミ屋敷だから、ひどいものよ。しかも本当に幽霊が出るんだからね。正確には死霊魔術の魔物——アンデッドだけど。

初めてグールとかスケルトンを見たときは、心臓が止まるかと思ったわ。

しかも、侵入者と間違えて襲い掛かってきたのよ⁉

すぐに師匠が止めて、わたしのことを上位の存在として認識させたけどね。

で、アンデッドたちがわたしの言うことを聞くようになったわけよ。

これを利用しない手はないと思ったわ。

アンデッドが怖くないのか？

怖かったわよ。最初は。

慣れよ、慣れ。結局は生きた人間が一番怖いしね。

使えるものは何でも使わなくちゃね。

それでね、掃除道具を何とか見つけて、屋敷の大掃除を始めたのよ。

でもひとりじゃ限界があるわけ。そのとき、わたしはまだ小さな子供だったしね。

猫の手も借りたいくらいだったから、借りたの。アンデッドの手をね。

物言わぬ骸骨に色々命令してみたんだけど、細かい指示は全然伝わらないの。

そりゃ骸骨だからしょうがないわよね。頭が空っぽなんだもの。

大まかな指示は伝わるから、重たいものとか運ばせたわ。

師匠はね、それを興味深そうに見ていた。

「アンデッドを使役するのは、死霊魔術師の基本だ」って言っていたわ。

わたしがスケルトンを使うのは、魔法使いの弟子としては良いことだったみたい。

だから、使ってやったわ。

手に大きな鎌を持っていたから、草刈りとかもさせた。

ザックザックとあっという間に庭が綺麗になったわよ。大きな鎌だから、屋敷を覆っていた蔦とかも簡単に刈り取れたしね。

え？　どんな鎌だったか？

両手で持つような大きな鎌よ。そうね、柄の長さは槍くらいあったかしら。

便利なのよ、あれ。色んなことに使えて。高い木の枝とかも切れるし。

その鎌を持っているスケルトンが何体いるか知りたい？

3体よ。黙って屋敷に入ったら、あの鎌でスパッと斬《き》られると思うから気を付けてね。

……顔が青いわよ？　話を続けてもいい？

それで、屋敷の掃除に何とひと月もかかったのよ。

本当に汚かったの。でも終わった時は感慨深かったわ。人生で最も達成感を実感した瞬間だったかもしれない。

廊下はピカピカ。たくさんあったガラクタは整理整頓。庭も綺麗にして、グールは地面に埋めたわ。

何でグールを埋めたかって？

臭かったからよ。死体なのよ？　身体が腐っているんだから、臭うに決まっているじゃない。スケルトンに穴を掘らせて、その穴にグールに入ってもらって、またスケルトンに埋めさせたわけ。

あ、別に死んだわけじゃ……死んでいるけど、使えなくなったわけじゃないのよ？

浅い穴だから、いつでも自力で這い出てこられるのよ。

多分、うちの庭に勝手に入ってきたら出てくるわ。侵入者を襲うようになっているから。

見たかったら、騎士様がうちの庭に足を踏み入れてみるといいわ。

グールが地面から出てくる様子はなかなか見ごたえがあるわよ？

多分、いきなり足を掴《つか》まれると思うけど。

え？　絶対庭には入らない？

それは残念ね。うちにはまったく人が来ないから、たまにはグールがちゃんと動くのか確認したかったんだけどね。

ちなみにグールを埋めたことは、ちゃんと師匠に許可を取ってやったのよ。

「臭いがするから埋めたい」って言ったの。

死体が地面に埋まっているのは普通のことでしょう？

師匠も「……墓穴にグールが埋まっているのは道理か」って言っていたしね。

ちょっと微妙な顔だったけど、押し切ってやったわ。

屋敷の中に腐った肉があったら、ハエがいっぱい出ちゃうもの。

そんな家、嫌でしょ？


で、最後の仕上げは師匠の髭面よ。

わたしね、男の人の髭を剃《そ》ることができるのよ。

売り物の子供たちの中でも、手先が器用な子だけが覚えられる高等テクニックなのよ？

モリーが「これは」って見込んだ子供だけに教えるの。

実験台は当然メイソンだったわ。メイソンの顎のあたりに傷が多いのは、そのせいだったの。

わたしは特に優秀だったから、メイソンの顎の傷が3つ増える程度で済んだのよ。

人の肌に剃刀《かみそり》を当てるのって緊張するんだけど、メイソンはもっと緊張していたわ。

そりゃ、子供に刃物を首に当てられるんだから、緊張しないわけがないわよね。

そういうことがあって、わたしは髭剃りを覚えたわけ。自慢の特技よ？

剃刀はあの家を出るときに、モリーから餞別《せんべつ》としてもらったの。

師匠に髭を剃ってあげると言ったときはビックリされたわ。

「何故だ？」ってね。

「汚いからです」って答えたら、この世の終わりみたいな顔をされたわ。

でも黙って剃らせてくれたの。

わたしが屋敷を綺麗にした仕事ぶりを見て、信頼してくれたのね。そういうのって、ちょっと嬉しいものよ。

それで綺麗に髭を剃って、ついでに髪型も整えてあげて、師匠も綺麗になったわ。

そしたら、思っていたより若かったの。

60歳くらいに見えていたんだけど、実際は40くらいだったわけよ。

やっぱり男の人も身ぎれいにするべきだと思ったわ。

それでようやく綺麗になった屋敷で、わたしの魔法使いの弟子としての修行が始まったの。

もちろん、家事も怠《おこた》りなくやったわ。わたしはできる子だったからね。

まず、魔導書を読むための古代文字を覚えるところから始まって、それから魔導書を読むようになって、その内容を理解できてから、ようやく魔法を唱えられるようになるんだけど、すっごく時間がかかったわ。

# episode 2

ルナの朝は早い。メイソンの屋敷にいたときからの習慣だが、日が昇ると同時に目を覚ます。

それから朝食の準備。スケルトンに命じて水を汲《く》ませている間に、自分は庭で育てているハーブや野菜を摘み取った。

ちなみにそのハーブと野菜を栽培し始めたのもルナである。ルナが来る前の庭は、雑草以外のものは存在しなかった。

ルナはダイニングに戻ると、魔法を使って火を起こして鉄鍋を温める。鍋の中に入っているのは大抵、昨晩作ったシチューか粥《かゆ》。

さらにパンを切り分けて籠《かご》に並べ、ハーブと野菜を刻んで料理に添えた。時には果物やチーズを用意していることもある。

ルナはカーンの好み……というより好き嫌いを把握していて、食べる物だけを慎重に選んで、丁寧に盛り付けを行う。テーブルには彩り豊かな料理が並び、朝食の準備が整った後、ルナはカーンの部屋へと向かう。

カーンが自分で朝起きてくることはない。死霊魔術を専門にしているだけあって、夜間はほとんど魔術の研究に取り組んでいる。

屋敷に来た当初、ルナは「ひょっとして、朝起こされることは師匠にとって迷惑なのではないか」と悩んだが、直接本人に尋ねたところ、

「特に問題はない」

と言われたので、今では遠慮なく師匠を起こすことにしている。

具体的には、カーンの部屋の前に行って、使わなくなった金属製の食器をふたつ持ち、それらを叩きつけ合うことで耳障《みみざわ》りな甲高い音を鳴らした。

この効果はてきめんで、しばらくすると不機嫌そうな顔をしたカーンが扉から顔を出すことになる。

無精髭の生えた冴えない師匠の顔を確認すると、ルナはにっこり笑って挨拶をした。

「おはようございます、師匠。朝食の用意ができました」

カーンが鷹揚《おうよう》に頷くと、ルナは可憐に身を翻してダイニングへと戻り、師匠はその後をのそのそと追って、テーブルの席へと向かう。カーンが椅子に座ると同時に、待ち構えていたルナがその首にエプロンをくくりつけ、朝食が始まるのだ。

朝食の席ではルナが一方的に喋る。内容としては、自分が今学んでいる魔法の進捗《しんちょく》状況についてである。

それに対して、カーンはまったく喋らない。牛のようにゆっくりと食事を取るだけであり、話をまったく聞いていないかのように見えた。

ただ、食事を取り終えると、ルナが勉強に行き詰まっているようであれば気づきを与えたり、

十分に進んでいると思えば新たに課題を出したりと、短いが重要な指示を出した。

ルナはその言葉を一言も聞き逃すまいと耳をそばだて、場合によっては質問したりもする。

同じことが夕食の後にも行われ、この食後のひと時がふたりの師弟関係を証明するものとなっていた。

それ以外の時間で、ふたりが話すことはほとんどない。カーンは自室に引き籠もり、ルナは掃除、洗濯、買い物などの雑事に奔走する。

ルナはその間のわずかな時間を使って魔法を練習し、さらに夕食の後にもらうカーンからのアドバイスをもとに、寝る前の時間を使って魔法の勉強に勤《いそ》しんだ。

これだとルナが魔法に割《さ》ける時間が少ないように思えるが、ルナは家事をしながらも常に魔法のことを考えている。頭の中で上手くいかなかった呪文を練り直したり、自分の失敗した原因を突き詰めたりすることで、かなり効率良く魔法の勉強を進めていたのだった。

また、時間こそ短いものの、カーンの教えも的確だったので、ルナの魔法の習熟速度は一般的な見習い魔法使いよりもかなり速いものとなっていた。


カーンの生活はルナが来る前と比べると劇的に良くなっているのだが、彼はもともと魔法以外のことへの関心が薄いため、最初はあまりそのことに自覚がなかった。

何となく「便利になった」と思っている程度だった。

ただ、綺麗に整えられている屋敷は心地よいものだと思うようになった。

毎朝用意されている新鮮な食事が美味しいと感じるようになった。

人と話すことは苦手だったが、ルナに話しかけられることは苦痛ではなかった。

小さな子供が一生懸命成長していく姿を見るのは、心が温かくなるようだった。

(本当にこれで良いのだろうか?)

ルナと過ごしていくうちに、カーンは自分が不要な感情に蝕《むしば》まれているのではないかと、不安を感じるようになった。

人生のすべてを魔道に捧げてきた。そのことに悔いはない。

必要だから、アスラの民の娘を手元に置いた。それも間違いではない。

しかし、ルナという少女はアスラの民であるということを別にしても、自分にとって価値のあるもののような気がした。

それは己の魔道にとって良いことなのか、悪いことなのかわからない。

けれど、毎朝「おはようございます」と微笑みかけられる日々は、カーンにとって悪いことだとはとても思えなかった。

ただ、「庭でハーブとか野菜を育てて良いですか?」と聞かれたときは、面をくらった。

野菜は農民が育てるものであり、自分が関わるものではないと勝手に思い込んでいたからだ。

庭を畑にされることには少し抵抗があったが、よく考えれば屋敷の庭はすでに荒廃していたので、ルナの好きにさせた。

カーンは野菜がどのようにして育つかなど考えてみたこともなかったし、まさか自分の屋敷で育てることになるとは思ってもいなかった。


ルナはアンデッドたちを使って器用に庭を整備すると、どこから仕入れてきたのか、野菜やハーブの種をまいた。

「後は枯れない程度に水をあげて、雑草をこまめに抜いてあげれば、そんなに丁寧に世話をしなくても勝手に育つんですよ？」

聞けば、人買いのもとで野菜を育てたことがあるのだという。

「取れたての野菜はとっても美味しいんです！　きっと野菜がそんなに好きじゃない師匠でも食べられますよ！」

確かにカーンは野菜がそれほど好きではなかった。あの青臭さを感じる味が苦手だったのだ。

それからルナは、毎日せっせと野菜やハーブの世話をした。

カーンは時折、部屋の窓からその様子を見ているだけだったが、小さな子が一生懸命植物を育てている様は、やはり何か温かいものを感じさせた。

庭に植えた植物はあっという間に成長した。収穫までに1年以上かかると思っていたのだが、半年も経たずに実を付けたのだ。

こんなに簡単に植物は育つものなのかと、カーンは不思議な思いで庭の植物たちを見ていた。

「やっと食べごろになりましたよ！」

ある朝、庭の野菜が食卓に並んだ。それほど形は良くはない。ただ、ルナは嬉しそうだ。

「取れたてなので、きっと美味しいです！」

ということは、ルナは食べていないのだろう。

しかも、洗っただけの野菜を丸かじりするように勧められている。

毒見という観点からは、カーンよりも先にルナが食べるべきだと思ったが、そんなことは言えなかった。

正直、食べたくはなかった。なかったのだが、庭で育った野菜というものに興味があった。

カーンが一口齧《かじ》る。

……美味くはない。確かに瑞々しさはあるが、劇的に美味しいというわけではない。

「どうでしょうか？」

ルナが期待と不安の混ざった眼差しで見ていた。

「そうだな。わたしでも食べられる」

嘘は言っていない。庭で育った野菜だと思えば食べられないことはなかった。

ルナは花が咲いたような笑顔を見せて、自分も野菜を食べ始めた。

「うん、美味しいです！　自分で育てた野菜は！」

（それは気持ちの問題であって、味の問題ではないのでは？）

カーンはそう思ったものの、指摘はしないでおいた。

その日から食卓に野菜やハーブが並ぶようになり、カーンが嫌いな食材は、本人の意思とは別に、少し減ったとみなされた。


ルナは賢く要領の良い子だった。さらにアスラの民ということもあって魔力は潤沢であり、順調に魔法の勉強を進めていった。

ただ、その魔法へのアプローチは大分、生活に基づいたものだった。

真っ先に覚えたのは火の呪文だった。調理をするのに便利だったからである。

次に覚えたのは水の呪文だった。植物に水をやるのに便利だったからである。

3つ目に覚えたのは風の呪文だった。これは壺などの調度品のホコリを吹き飛ばすのに便利だと思ったからだが、風の力が強すぎて壺ごと吹っ飛んだ。幸い後ろに控えさせていたスケルトンが上手く壺をキャッチしたので、破損するにはいたらなかった。

「危なかった！　やっぱり備えはしておくものね」

実は壺をキャッチした際に、スケルトンの骨のほうにヒビが入っていたのだが、ルナはそれを黙殺した。

きっとそのうち治るに違いない。治らなかったら、自分が一人前になった際に別の新しいスケルトンに変えてしまおう、そう考えていたのだ。


「筋が良い」

カーンはルナの才能を認めた。

古代文字を覚えるのも早かったし、目的を持って魔法を覚えようとしているのも、非常に効果的な方法だと感心した。

何より死霊術師として、スケルトンを徹底的に使おうとしている姿勢が好ましかった。

「ありがとうございます！」

ルナは顔を赤らめて喜んだ。

魔法を褒《ほ》められたときのルナの笑顔は、本当に嬉しそうだった。

# 4

初めて魔法が唱えられるようになるまで、3年はかかったかしら？

わたしは読み書きはできたけど、古代文字なんてさっぱりだったのよ。

魔導書も難しいし、魔法なんてなかなか使えるようにならなかった。

それでも3年でできるようになったのよ？　すごくない？

師匠も「筋が良い」って褒めてくれたわ。

どんなに美味しい料理を作っても、ただ黙って食べるだけの作り甲斐のない、あの愛想の無い師匠が褒めてくれたのよ。

これは本当に凄いことなの。

でも、そこまで頑張っても、唱えられるようになった呪文なんて大したものじゃなかった。

種火代わりに火をつけられるようになったとか、コップ一杯の水が出せるようになったとか、そんなものよ。

本格的な魔法が使えるようになるには、それはもう時間がかかるわけ。

上級の魔法が使えるようになるには、10年、20年じゃきかないわ。

師匠はわたしと似たような年頃から魔法を習い始めたって言っていたから、30年くらいの経験があったのかしら。

それでようやく上級に手が届いたってところよ？

気の遠くなるような話でしょう？

魔法使いっていうのは、一生をかけて見果てぬ夢を追いかけるような生き方なのよ。

で、わたしも好むと好まざるとに関《かか》わらず、その道を行くことになったわけ。

大金を払って買われたんだから、しょうがないわよね。

何で大金を払って、師匠がわたしを買ったか？

魔法使いはね、弟子を取って後を継がせるのよ。人が一生をかけても、たどり着けるところなんて知れているから、弟子をとってその先に進ませるの。

知らない？　魔法使いってそういうものらしいわよ？

まあ、ほとんどの場合、自分の子供に継がせるみたいだけど、師匠のように結婚もできなかった偏屈者は、魔法の素養のある子供を養子にとって、後を継がせることもあるらしいわ。

そういう意味で、アスラの血を引くわたしは、うってつけの人間だったたってわけ。

こう見えても、わたしの魔力はとても多いんだからね！

まあ、魔力があったところで使う方法がなければ、どうしようもないんだけど。

わたしが自分の魔力をちゃんと使いこなせるようになるには、何十年と修行しなければいけないの。

変な話よね。

それからの日々は、あまり変わり映えはしないわ。

ああ、わたしひとりで、街に買い物に出るようになったわね。

最初は師匠も一緒に付いて来たけど、かえって邪魔だったのよ。何て言うか、見るからに魔導士で不審な感じだから、お店の人も警戒しちゃってね。

それで、師匠もわたしが逃げないとわかってからは、ひとりで行かせてくれるようになったの。

他に行くとこなんてないんだから、逃げるはずがないのにね。

で、初めてひとりでお使いに行ったときに渡されたのが、さっき首に下げていた護符よ。

わかっていると思うけど、あれはわたしを目立たせなくするものなの。

女の子がひとりで歩いていると、色々良くないことが起こるかもしれないからね。

わたし自身がそうだったように、人買いにさらわれることだってあるわ。あの護符は、ちょっとした親心ってやつかしらね。

でも、おかげでなかなか顔馴染《かおなじ》みができなくて寂しかった。

買い物はパンに野菜に肉とか、食べ物がほとんど。

薬屋さんに薬を納品しに行くことも多いわ。それが師匠の主な収入源だからね。

でもそれだけだと、わたしを買ったようなお金は手に入らないから、他にも何か収入はあったと思うけど、日々の生活費はそれで賄えたわ。

薬も最初は師匠が作っていたんだけど、わたしも何年もかけて作り方を覚えたから、今ではほとんどわたしがやっているのよ？　すごいでしょ？

コツはね、スケルトンに仕事を覚えさせることよ。

薬草をすり潰《つぶ》す仕事とかを丁寧に丁寧に教えるの。それだけでも大分仕事は楽になるわ。

わたしはね、人に仕事を教えるのが上手かったの。……まあ相手は人じゃなくてアンデッドなんだけど。

多分、モリーが子供に教えるのを、ずっと近くで見ていたおかげね。

やってみせて、言って聞かせて、やらせて、褒めてあげて、ようやく教える相手はできるようになるの。

褒めてあげる部分はわたしのオリジナルよ。モリーは怒るばっかりで、褒めなかったからね。

やっぱり褒めないと、やる気が起きないのよ。

アンデッドに褒め言葉が通じるのか？

通じるわよ。植物だって褒めてあげた方がよく成長するの。本当よ？

褒め言葉って一番簡単な魔法なんだから。

これって冗談を言っているわけじゃないわよ？

魔法の根本的な原理って、そういうことなの。言葉を介して世界や人に干渉する技術なんだから。

……まあ、そんなことはいいわ。

わたしが薬を作れるようになったおかげで、師匠は魔法の研究に専念できるようになったの。

「ルナは凄いな」って、ようやくまともに褒めてくれたのよ？

当たり前じゃない、わたしは高級品なんだから。気付くのが遅すぎたくらいよ。

薬草だってひとりで取りに行くようになったんだから！

え？　薬草をひとりで取りに行くのは危ない？

そうね。わたしみたいな可愛い子がひとりで森に行くのは、確かに危ないわ。

でも、ひとりって言っても、護衛にスケルトンを1体連れて行っていたから問題はなかったわよ。

もちろん、ぶかぶかのフードを被せて、外見からはわからないようにしたわ。

念を入れて、スケルトンには護符を持たせたから目立ってはいなかったはずよ？

その証拠に、スケルトンに気付かずに、森に入った私をさらいに来た男たちが何人かいたしね。

男たちがどうなったかって？

騎士様って、どんな秘密でも守ってくれるの？

本当に大丈夫？　そう。

えっとね、世の中から悪い人間が何人かいなくなって、代わりに死霊魔術の貴重な材料が手に入ったの。

夜にこっそりスケルトンに貴重な材料を担がせて持って帰ると、師匠が喜んでくれたわ。

喜ぶ、って言っても、師匠はあんまり顔には出さないんだけど、わたしは何となく雰囲気でわかるようになっていたの。

彼らも魔術の発展に貢献できて喜んでくれているわよ、多分。

どうせ生きていたって、ロクなことをしなかったと思うしね。

君の感覚は少しおかしいんじゃないか、って?

どう、おかしいの?

悪い人に騎士様は生きていて欲しかった? 誘拐犯よ? 盗人《ぬすっと》や強盗、人殺し、裏切り者のような悪い人たちを騎士様は許せるの?

法の裁き?

いえ、わたしはそんな話をしていないわ。

生きていて欲しかったか、そうでないかと聞いているの。法の話なんかしていないわ。

……そうでしょ? わたしの感覚はおかしくないはずよ。

大体、法が完璧なら、わたしは売られていなかったし、わたしは買われていなかった。

昔に比べれば今は大分良くなったとは思うけどね。

何の話だったかしら?

そうそう、わたしが平凡な日常を送るようになったってところまで話したのよね?

平凡じゃない?

平凡よ。家事をして、薬草を取りに行って、薬を作って、師匠から魔法を習って、寝て、それの繰り返し。

みんな同じよ。やっていることが違うだけで、毎日同じことを繰り返すの。それが平凡な日常。

でもね、その平凡な日常がまたちょっと変わってくるの。

あの護符が効かない人が現れたのよ。

悪いことじゃないわ。わたしにもようやく知り合いができたって話なんだから。

# 5

最初はね、行きつけの薬屋さんの人が替わったのよ。

それまではおばあさんが薬の買い取りをしていたんだけど、あるときから若い女の人に替わったの。

おばあさんの孫って言っていたかしら？

若いっていっても、わたしよりも年上の人よ。20歳くらいだったかな？

長くて綺麗な黒髪で、細身だけど出るところは出ていて、右目の目尻のところにほくろがあって、それがもう色っぽいの。

何で薬屋さんで働いているのか不思議なくらいよ。

あの人なら、もっと良い働き口があったと思うわ。

でも、そのお姉さんが働くようになってから、薬屋さんはすごく繁盛するようになったの。

美人って得よね？　ああ、もちろん、わたしも美人だからお得よ？

そんな薬屋は知らない？

そうね、今はいないわよ。大分前のことだから。

騎士様だって、街のことを何でも知っているわけじゃないでしょう？

美人は、すぐに結婚しちゃうからね。ひょっとして、そのお姉さんのことが気になったの？

残念ね。


で、ある日薬屋さんに行ったら、そのお姉さんに言われたの。

「いつもありがとう、ルナちゃん」って。

蕩《とろ》けるような笑顔でね。

びっくりしたわよ。

名乗ったって、次の日には護符の効果で、わたしの名前なんて忘れちゃうはずなんだから。

でも、今までは何となくしか人に覚えられなかったから、嬉しかったわ。

師匠以外で、初めてこの街にわたしを知っている人ができたのよ。

何で護符が効かなかったか？

魔術に対する抵抗力が強かったからじゃない？

この護符程度だと魔法使いには効かないし、魔法使いでない人にも稀に魔術に対する抵抗力が強い人もいるわ。

まあ、そんなことはどうでもいいのよ。

わたしにドロシー以来の友達ができたんだからね。そっちのほうが重要。

わたしが友達と思ったんだから友達よ？　こういうのは言った者勝ちなんだからね。

そのお姉さんはルシアナっていう人でね、よく話すようになったわ。

別に大した話はしないんだけど、街の噂話とか、流行しているものとか、街の人たちの人間関係とか、まあ色々よ。

「ああいう男は良い」とか「こんな男は駄目だ」なんてことも教えてくれたわ。

ルシアナとお喋りをしていると、ちょっと大人になった気分になれるの。そういう話をしてくれる相手が他にいなかったから。

わたしにとっては、ルシアナと話すことが一番の楽しみになったわ。

師匠となんか、魔法のことくらいしか話さないしね。あの人には「お喋りを楽しむ」って発想が根本的にないの。

食事のときも、余計なことは一言も話さないんだから困ったものよ。

その師匠には、ルシアナのことは内緒にしたの。

護符が効かない相手がいると知ったら、もっと強力な魔道具を持たされるかもしれないし、ひょっとしたら、街への買い物を禁止されるかもしれなかったから。

そんなのって、つまらないでしょ？

ルシアナにはどこまで師匠の話をしたか？

魔法使いってことは話したわ。薬を納めている以上、そういう人だってことぐらい、向こうも勘づいているしね。

ああ、薬師《くすし》とは扱っている薬が違うの。加工に際して、魔法が必要になる薬をわたしは納めていたのよ。

だから、魔法使いってことがわかったの。

でも、死霊魔術を使うことは秘密よ。

うちの使用人は骸骨だ、なんてことを知られたら、きっと不気味に思われちゃうから。

向こうだって突っ込んだことは聞いてこないしね。わたしくらいの年の子が、魔法使いの弟子になっているんですもの、色々あることくらいわかるわよ。

そういう余計なことを聞いてこないことも、ルシアナの良いところね。

あと、向こうは薬屋さんだからなのか、化粧にも詳しくてね。

時々、わたしに化粧をしてくれるの。

「ルナちゃんには、こういう紅が似合うと思うわ」って唇《くちびる》にさしてくれた。

わたしも一応お年頃になっていたから、正直嬉しかったわ。

道行く同じくらいの年の女の子たちが綺麗な恰好をしているのを見ると、やっぱりちょっと羨《うらや》ましかったしね。

でもね、師匠ときたら、わたしが唇に紅をさしていても、ちっとも気付かないの。

別に気付いて欲しいわけじゃないんだけど、何て言うか「残念な人だ」って思ったわ。

結婚できない人には、やっぱり相応の理由があるわけよ。

そういうことに気付かない人は駄目なのよね。

騎士様はそういうことに目ざとく気付きそうだけど。

あ、断っておくけど、わたしは化粧してもしなくても、よく男の人から視線を向けられていたからね。美人だから。

護符のせいで男の人が寄ってこなかっただけで、本当はとてももてたはずなんだから。

わかっている？　わかっているならいいわ。

あと、この頃には、わたしも死霊魔術を教わるようになっていたわ。

初めはネズミとかでやるの。いきなり人は無理よ？　やっぱり大きければ大きいほど難しいもの。

ドラゴンの骨に術を施す？

そんなの才能があって、すごい師匠について、50年は修行しないと無理よ。才能がなかったら、50年かけても無理。

若い頃から魔術に打ち込んで、老人になって、ようやくできるかどうかってところね。

そもそも骨は難しいのよ。時間が経てば経つほど術がかかりにくいの。

最初は死んで間もない死体が望ましいわ。

わたしだって、初めは死にたてのネズミで練習したもの。

ネズミなんて小さいし知能も低いから役に立たないんだけど、そこから犬とか猫とかで試すようになって、最後にようやく人の死体に術を施すようになるの。

まあ、そこまでいくのに20年はかかるわね。

スケルトンを操っている師匠は、かなり凄い死霊魔術師ってわけ。

わたしも魔法を習うまで師匠がどれくらいの魔法使いなのかよくわかっていなかったけど、魔法を学べば学ぶほど師匠の偉大さってものが理解できるようになったわ。

師匠はドラゴンの骨を操れるか？

わからないわ。

そもそもドラゴンの骨自体、簡単に手に入るようなものじゃないでしょ？

やってみたことがないのよ。

でも、師匠だってそこまでの年じゃないから厳しいと思うけどね。

いくら才能があっても、結局は修行した歳月が物を言うのよ。

騎士様が捜している死霊魔術師は、ドラゴンの骨が操れるの？

それは相当な腕前よ。大魔導士ってレベルね。

よっぽど長生きしないと到達できない領域よ。

で、どこまで話したっけ？

わたしがネズミで一生懸命死霊魔術の特訓をしていたときの話ね。

あれはね、実際にはネズミを操っているわけじゃないのよ。死体に精霊を招き入れて使役していたの。

精霊といっても低級のものよ。使役できる精霊の格が上がってくると、段々大きな死体に招き入れることができるってことなの。

これが初歩の死霊魔術。霊魂じゃなくて精霊を扱うから、ちょっと楽なの。

もっと高度なものになってくると、残っている死者の霊魂をその死体に束縛して扱うこともできるわ。

魔物となっているグールとかスケルトンはこっちね。

術としては高度なんだけど、わざわざ精霊を招き入れる手間がないから、扱えるようになれば、一度に大量のアンデッドを使役することができるようになるわ。

師匠がアンデッドを何体扱えるかって？

グールとかだったら、かなりたくさん使役できると思うけど、数はわからないわ。

あんまりいっぱい扱うことに意味はないのよ。

魔法使いの目指すところは、そういうものじゃないから。

とにかく魔法を極めたいの。それ以外に目的なんかないわ。

でも人ってそういうものでしょう？

絵を描く人だって、詩を書く人だって、学者だって同じよ。

その道を究めたいから頑張るの。そこに意味なんかないわ。それ自体が目的なんだから。

わたしも自分の意思じゃないけど、魔法の道に足を踏み入れたのだから、一生懸命進んでいくつもりよ？

最近はちょっと大きな動物の死体も使役できるようになったしね。

努力しているのよ、これでも。

まあ、わたしの魔法の腕はそんなところだわ。

それでね、ルシアナと仲良くなって、しばらく経って、また護符が効かない人が現れたのよ。

今度はわたしと同じくらいの年の男の子だったわ。

# 6

あいつと初めて会ったのは、買い物の帰り道だったわ。

金髪碧眼《へきがん》で背も高くて、顔もまあ悪くはなかったけど、自信に満ち溢《あふ》れたむかつく表情をしていたの。そういう人ってわかるでしょ？

で、道の真ん中に偉そうに立ちふさがっていたの。傍には少し年下の従順そうな黒髪の男の子が、申し訳なさそうに控えていたわ。ふたりとも身なりは良かった。

偉そうな金髪がわたしに向かって言ったの。

「そこの女、ちょっと話をしないか？」

……最悪よね。人さらいでも、もう少しマシな声のかけ方をするわ。

だから、無視することにしたの。

道の端に寄って、そのまま馬鹿な男の横を通り過ぎようとしたわ。

そしたら、

「ちょっと待て！　この俺が声をかけているのだぞ？　ひょっとして耳が良く聞こえぬのか？」

とか言って肩を掴まれたわ。

初めて会った女性の身体に触れるなんて、失礼にも程があるわよ。

スケルトンを連れて来ていたら、間違いなく死霊魔術の素材に変えていたわ。

でもまあ、わたしも淑女だし、丁寧に対応してあげたの。

「わたしの耳が悪いんじゃなくて、あなたの頭が悪いのよ。ついでに口とマナーも悪いわ。せっかく優しく無視してあげたのに、その慈悲にも気付かないなんて、生まれ変わってゴキブリあたりからやり直した方がいいわ。あと、その手を放してくれる？　初対面の清廉《せいれん》な乙女の身体に触れるなんて、どういう教育を受けているの？　3歳の子供だってもう少し気を遣うわよ。あなたに触られると、その時間に比例してわたしの価値が下落するから、今すぐその手を放してくれる？」ってね。

そしたら、そいつは唖然とした顔をして固まっちゃったの。

黒髪の少年が、そいつの手をゆっくりとわたしの肩から外してくれたわ。

「すみません、すみません」って言ってね。

それでわたしは立ち去ろうとしたんだけど、そいつがはっと意識を取り戻したのよ。

「ちょっと待てと言っているだろうが！　まさか、今の暴言は俺に対するものか？」

「えっ？　わたしが独り言でも言っているように聞こえた？　もちろん、あなたに対して言ったのよ？　ひょっとしてわたしの知的な言葉が理解できなかったの？　じゃあ、馬鹿にでもわかるように、優しく言ってあげるわね――どっか行って？」

わたし、自信満々なヤツって好きじゃないのよね。大抵、自分の生まれを鼻にかけたような連中ばかりだから。そういうヤツに限って、自分では何もできないのよ。

ルシアナも言っていたわ。

「自信過剰な男は大抵ろくでなしだ」って。

完全に同意よ。

「いやいやいや、俺が一体何をした？　おまえに声をかけただけではないか？　言っておくがな、俺に声をかけられた女は、みんな喜ぶものなのだぞ？」

なんかもう可哀そうになってきたわ。世間知らずのどこぞの貴族の馬鹿息子なのね。

だから教えてあげたわ。

「あなたに声をかけられて喜ぶはずがないじゃない。ちょっと考えればわかるでしょ？　あなたに一体どんな価値があるの？　どうせ親が偉くてお金持っているだけでしょ？　あなたに声をかけられて喜んでいる女性は、あなたの親の地位とかお金に喜んでいるだけ。あなた自身には銅貨1枚分の価値だってないの。銅貨1枚に声をかけられて喜ぶ女の子なんかいないわ」

そしたら、そいつは口をポカーンと開けて呆けたわ。

黒髪の少年がどうしていいかわからず、おろおろしていたのが、ちょっと可愛かったわね。

で、わたしはその隙に帰ったの。どうせ明日になったら、護符の効果で今日のことは忘れると思っていたしね。


ところが次に買い物に出た時のことよ。

薬屋さんに行って納品してから、ルシアナに金髪馬鹿の話を小一時間くらいしたの。ルシアナはとても楽しそうに、ニコニコして聞いてくれたわ。

それから、ちょっと買い物して、屋敷に戻ろうとしたら、またあの馬鹿がいたのよ。

「……俺の名はラトだ」

ちょっとふてくされた感じで彼は言ったわ。

「わたしはキリアンです」

隣にいた黒髪の男の子のほうも名乗ったわ。

多分、ラトは母親にでも怒られたんじゃないかしらね。

人に話しかけるときは、まず自分から名乗れ、って。まあ基本よね。

でも、わたしは何で護符が効いていないのか不思議だったわ。

ルシアナみたいにひとりなら「たまたまかな？」って思うけど、同時にふたりっていうことはあり得ないから。ふたりとも腰に剣を下げていたから、魔法使いって感じでもなかったしね。

護符の効力がなくなったのかと思ったわよ。

思わず首に下げた護符を手に取って、まじまじと見てしまったわ。

「あーその護符は俺たちには効かん。安心しろ、別に壊れたわけではない」

ラトが気まずそうに言ったわ。

「護符が効かない」というのは、何らかの手段で認識阻害を防いでいるってことだから納得はしたわ。

コツを知っていればできなくはないのよ。

「ふーん、そうなの。わたしはルナよ」

一応、名乗られたから、名前を教えてあげたわ。礼儀だしね。

「その、だな。良かったら茶でもどうだ？　馳走するぞ？」

ラトは恐る恐る聞いてきたわ。

でもね、お茶よ、お茶。騎士様も出してくれているけど、これって結構高いのよね。

そうでもない？　いやいや、高いのよ、わたしみたいな庶民にとってはね。

お茶を飲ませてくれるなら、まあ付き合ってやらないでもないかなーって思ったのよ。

君は案外ちょろいんだな、って？

そんなことないわよ！　でも、女の子はそういうものに弱いの。

……特にわたしは外で飲み物とか食べ物とか食べたことなかったしね。一度、そういうことをやってみたかったの。

「それならいいわよ。わたし、あの店に行ってみたかったの」

ルシアナから流行《はや》りの店のことは聞いていたから、前々から入ってみたかった大通りの店を指差したわ。

「うむ、構わんぞ」

ラトはほっとしたのか、また偉そうに答えると、その店の中に入って行ったわ。

わたしもそれに続いて、最後にキリアンが付いて来たの。

お店はね、ルシアナが勧めただけあって素敵だったわ。

内装はお洒落《しゃれ》で、椅子も座り心地が良くて、店員の人が恭しく対応してくれてね、ちょっとした貴族の気分よ？

わたしは嬉しくて、お茶とかお菓子とか色々注文しちゃったわ。

結構高い値段のものだったけど、ラトはまったく気にしてなかった。

ラトがわたしの対面の席に座って、キリアンはその後ろに立っていた。

ふたりとも慣れているのか、お菓子は注文せずにお茶だけ頼んでいたわ。

「それでわたしに何の用？」

お茶をご馳走になった手前、わたしから話を切り出してあげたの。

「う、うむ。女の魔法使いがいると聞いてな。どんな娘なのか興味があって見に来たのだ」

ラトはまだちょっと緊張している感じだったわ。よっぽどわたしに罵倒されたことがこたえたのね。

「興味？　魔法使いの女の子って珍しい？」

「珍しいぞ。しかも、赤い眼のアスラの民。これに興味を持つなというほうが無理な話だ」

どうやら、わたしが思っていた以上に、アスラの民って珍しかったみたいなの。護符のおかげで目立ってなかったと思っていたんだけど、どこかでは噂になっていたのね。

「そうなの？　でも大したことはないわよ。魔力は人より多いみたいだけど、使いこなすまでには時間がかかるしね」

「どれくらいだ？」

「10年以上はかかるんじゃない？」

「何と、そんなにかかるのか！」

ラトもキリアンも驚いていたわ。アスラの民はもっと簡単に凄い魔法が使えると思っていたみたい。

「何事も極めるには時間がかかるものよ」

わたしは適当にそれらしいことを言ったわ。

でも、ラトたちは深く頷いてくれた。

「それでおまえの師はどういう人間なのだ？」

ラトはわたしの師匠にも興味があったみたい。

……今思ったけど、ラトも騎士様も聞きたいことが似ているわね。

まあいいわ。

それで高い物をご馳走してくれたお礼に、わたしの生い立ちから教えてあげたの。

ちょっとしたサービスよ。でも、死霊魔術のことだけは秘密にしたの。

やっぱり、死体を扱う魔法なんて世間体が悪いからね。

で、一通り話してあげたら、ラトもキリアンもなんかすごく険しい顔をしているの。

「なんという人生だ。親の顔を知らず、人買いに育てられ、そしてまた人買いから魔法使いに売られて、やむなく魔法を学んでいるとは……」

キリアンもラトの言葉に深く頷いていて、何か勝手にわたしの人生で盛り上がっていたわ。

別に大したことでもないと思うんだけどね。

# 7
(SIDE1)

ルナと初めて話してから幾日か立ったある日、俺はルナが街に来る時間を見計らって、キリアンを連れて外に出た。もう一度会ってみたいと思ったからだ。キリアンもルナのことを好意的に思っているようで、喜んでついてきた。

街に出ると、いつも時間通りに買い物をしているあいつの姿はすぐに見つかった。

邪魔にならぬように、用が済むのを見計らって声をかけた。

「また会ったな、ルナ」

「あっ、ラトとキリアン」

ルナの反応は、ちょっとした知り合いに会ったようなものだった。

……まあいい。これはこれで新鮮なものだ。

「また茶でも飲まぬか？」

ルナは茶の誘いに弱い。これは前回わかったことだ。

「ラトって本当にお金持ちよね」などと皮肉っぽくルナは言うのだが、結局は誘惑に負けた。

茶の店に入り、個室に案内されると、ルナは白いローブを外した。そのせいで、普段見えない身体の輪郭がはっきりした。それは思った以上に女性らしさを感じさせて、ちゃんと服を着ているにもかかわらず何故か直視できなかった。

いつもはフードで隠れがちな髪も露《あら》わになっており、黄金の糸を織り交ぜたような美しい髪がルナの動きに合わせて、さらさらと揺れて、それも何となく気になってしまう。

結局、顔に目をやるのだが、紅玉を思わせるその眼は、絹のような白い肌に映えて、強い意志を感じさせた。美しさと強さが同居しているとでも言えばいいのだろうか。目が合うと気恥ずかしくて、俺のほうから逸《そ》らしてしまう。こんなことは生まれてから一度もなかった。

「なあ、ルナよ。おまえは自由になりたいとは思わんのか？」

気を取り直して、俺は赤い眼の少女に尋ねた。

自由になりたいと言えば、俺は相応に力を貸すつもりでいた。

「自由って何？」

しかし、ルナはあまり関心がなさそうだった。

「今のおまえは買われた身だが、この国では人身売買は認めておらん。訴え出れば、金による従属関係は解消できるかもしれんぞ？」

「それって変な話じゃない？　だって、他の国で認められていることをこの国だけ禁止して、『ここでは違法だから契約は無効』って言われても納得できないでしょ？　お金を払って買った人が、一方的に損をするだけじゃない」

ルナはまるで他人事《ひとごと》のように言った。

「人は本来神のもとで平等にあるべきなのだ。人を売るのも買うのも間違っている。その行為自体が罪なのだから、損をしても仕方なかろう」

「間違っているわよ。人は平等なんかじゃないわ。生まれた時点でもう不平等じゃない。あなたみたいに身分の高い家に生まれてくるのと、お茶すら飲むことのできない庶民の家に生まれてくるのとでは大分違うわ。……別に責めているわけじゃないのよ？　世の中って綺麗ごとでは出来てないって話」

香りを楽しみながら、ルナはゆっくり茶を飲んでいた。

俺と同じ年頃なのに妙に達観している。

「その綺麗ごとを目指さねば何も良くならん。人は理想を求めるべきなのだ。いずれ他の国もこの国と同じように人身売買を禁止するであろうよ」

「ふーん、ラトって意外とちゃんとしているのね。初めて見たときは、もっと傲慢な人かと思ったわ」

ルナはようやく俺に向かって微笑んでくれた。

笑顔など向けられて当然だと思っていた俺には、それがひどく価値のあるもののように思えた。

「それでどうなのだ？　おまえは自由の身になりたくはないのか？」

「どうかしらね？　正直言って、よくわからないわ。自由になったところで帰る家もないしね。それにね、わたしは師匠が支払った金額以上の価値を示すことに、やり甲斐を感じているの。

あなたからすれば理解できないことなのかもしれないけどね。あと、魔法を学ぶのも嫌いじゃないわ。やっぱり自分に向いているってわかるもの」

「しかし、おまえの学んでいる魔法は……」

言いかけて、背中を軽く触れられた。キリアンが俺の発言をそれとなく諫《いさ》めたのだ。

「どうしたの？　わたしの学んでいる魔法が何？」

「いや、おまえの師匠とやらは、どういう魔法を教えているのかと思ってな」

「別に？　普通よ、普通。火をつけたり、水を出したりとか、そういう魔法」

ルナは普通であることを殊更《ことさら》強調した。

「そもそも、おまえの師匠は普段何をしているのだ？　弟子に家事をやらせ、買い物をやらせ、薬まで作らせているとなれば、何もしていないのではないか？」

「魔法の研究よ？　魔法使いってそういうものでしょ？」

魔法使いが魔法の研究をするのは、確かに普通のことだ。しかし、家から一歩も出ずに一日中引き籠もって研究するのは異常である。

何しろ、ルナ以外に師匠とやらの姿を見た者はいないのだ。

「……一度、その師匠に会ってみたいものだが」

「ああ、無理よ無理」

ルナはあっさり断った。

「だって、街にわたしのことを知っている人は、ひとりもいないことになっているんだもの。

この護符のおかげでね。『実は知り合いが何人かできた』なんて知ったら、どういう反応をするかわからないわ。少なくとも外出禁止になっちゃいそう。だから、師匠に取り次ぐとか、そういうのはできないわ」

「おまえは師匠とは仲が良いのか？」

気になっていたことを尋ねた。

「良いと思うわよ。何せ10年くらい一緒にいるしね。家族のようなものよ。まあ、本当の家族ってどんなものか知らないけどね」

「そうか、おまえが言うならそうなのだろうな」

俺には何とも言えなかった。家族を知らない少女と、それを金で買った魔導士がどういう関係であるかはわからないが、ルナの顔に影はなかった。

店を出た後、俺たちは帰っていくルナの姿を見送ってから、薬屋に向かった。

ルナが薬を納品している店だ。

店はちょうど閉まっていたが、構わず戸を開けて入った。

「今日は楽しくお話しできましたか、ラト様？」

店の中にいたルシアナが聞いてきた。薄笑いを浮かべている。

らない。

「……まあな」

「それは良かったですねぇ、ラト様のまわりには、ああいう良い子がいませんから」

「……そうだな」

生まれた時から側仕えとして世話をしてもらっていることもあって、ルシアナには頭が上がらない。

そもそも、俺がルナに興味を持ったのは、ルシアナの報告を聞いたからだ。

調査中の魔法使いに、俺と同じ年頃の女の弟子がいると。俺のまわりにいるような娘たちとは違って面白い子だと。

それで一度会ってみようと思い、ルシアナから魔術的な影響を無効化する指輪をもらった。その指輪をつけていないと、魔法の護符の影響で娘のことが認識できないらしい。

実際会ってみたら、生まれてから一度も聞いたことがないような暴言を浴びせられる羽目になった。

あれはなかなか衝撃的な出来事だった。

そこでルシアナに相談したのだが、『ラト様は普段ロクでもない女たちと戯れているから、そんな目にあうのです』と説教をされ、『ちゃんとご自分の名前を教えてからルナちゃんとお話をしなさい』ときつく言い含められたのだ。

それを素直に認めるのは口惜しかったが、自分の誤りを認めるのも度量の内である。一応、そのおかげもあって、今では普通にルナと喋るようになったわけだ。

「ルナちゃんには、どういう感想をお持ちで？」

「器量は良い。頭も良いな。性格も……無礼ではあるが好ましいともいえる」

「ラト様にしては高評価ですね」

ルシアナはころころと笑った。

「姉上、わたしもルナ様は良い方だと思いました」

後ろに控えていたキリアンが言った。キリアンはルシアナの弟である。

「キリアンがそう言うなら間違いないわね」

ルシアナは優しくキリアンに微笑んだ。こいつは弟には甘い。

「しかし、ルナと一緒に茶を飲んで話をしたのだが、あいつは師のことをどこまで知っているのかわからん。習っている魔法は普通だと強調していたが、実際はどうなのだ？」

「そのへんのことは、ルナちゃんもあまり話したがりませんね。ただ、習っている魔法が本当に普通のものなら、隠すことなく話すはずです。となれば、やはり教わっているのは……」

「死霊魔術か」

死霊魔術は死者や霊を介して行われる魔法だ。もとは死者を通して、過去や未来のことを知るための魔法だったが、その後、死者そのものを操るものへと変貌していき、極めれば死そのものを超越できるとされる。

しかし、その超越のやり方に問題があった。

己を吸血鬼へ変貌させるのである。吸血鬼は最悪の魔物に類するものだ。

その昔、反乱を起こした我々の祖先によって、アスラの民たちは滅亡寸前にまで追い込まれた。

ところが、アスラの民の中で死霊魔術を専門としていた者たちが、吸血鬼を超える不死の王と化して我らの祖先と戦い、破滅的な被害をもたらしたという。

故に伝承では吸血鬼は赤い眼であるとされ、アスラの民全体が迫害される原因ともなった。

その後、魔法自体が禁忌とされたが、それがだんだん緩まっていき、今では魔法は許されたという風潮となっている。しかし、実は今でも死霊魔術は禁忌のものだ。ただ、このことは魔法を学ぶ者にしか周知されていない。民衆に伝われば、魔法全体が危ないものと誤解されかねないからだ。

「死霊魔術師であるという証拠は、まだ見つかってないのか？」

「屋敷の周辺には強力な結界が張られています。下手に近づけば、こちらの動きを気取られるかもしれません。かといって、屋敷の内外にどんな罠があるかわかったものではないので、踏み込むのも難しいと思われます」

「……ルナは何故弟子にされたと思う？」

「あの屋敷の魔導士が死霊魔術師であるなら、やはり、不死の王の儀式のためではないかと」

単なる吸血鬼とその上位種である不死の王には、大きな違いがある。

吸血鬼は太陽の光や銀製の武器に弱く、心臓を貫かれても死ぬ。完全な不死の存在ではないのだ。

ところが不死の王にはそういったものがない。倒せないわけではないが、明確な弱点がないのだ。

アスラの民であれば、吸血鬼化すれば不死の王には至れるらしい。しかし、アスラの民ではない者が不死の王に至るためには、吸血鬼となった後、アスラの民の血を吸って、その生命を奪う必要があるとされていた。

「その儀式はいつ行われるのだ？　10年も共に暮らしていると話していたが」

「恐らく、その師匠、カーンの魔術が未だその領域に至っていないのか、贄とされるルナのほうにも相応の魔力が備わっている必要があるか、のどちらか。もしくはその両方かと」

ルシアナは優秀な魔導士でもある。それゆえに今回の調査をさせていた。

「ルナを弟子にしたのは、贄として必要な魔力を高めさせるためか？」

「我々とアスラの民の魔力の差を埋めるための儀式なので、そういうことなのでしょうね」

ルシアナは苦い顔をした。

「その儀式はいつになる？」

「目的は不死となることなので、急いではいないはずです。今までの例であれば、死期が近づいてから儀式を始めることが多いようですが……」

俺は少し安心した。ルナの話からすると、カーンはそこまでの齢《とし》ではない。

カーンが死霊魔術師であっても、儀式はまだ先のことになる。

# 8
(SIDE2)


ルナが街に出てくる時間になると、俺は頻繁に会いに行くようになった。

毎日ではない。俺もそこまで暇ではないのだ。

ただ、ルシアナに「随分、ご執心ですね」とからかわれる程度には会いに行った。

もちろん、ルナとて毎日買い物に来るわけではないから、たまには見つからないときもある。

しかし、そういうときがあるからこそ、見つかった時の喜びは大きくなるものだ。

うむ、あいつと会えるのは嬉しい。嬉しいのだが、ふたりっきりというわけにはいかない。

俺にはいつもキリアンが付いてくる。側仕えだから仕方がないが、たまにはふたりで会ってみたかった。

ルナも街への用事の途中だから、あまり長く一緒にいることができない。

それも不満だった。そこで俺は閃《ひらめ》いた。


「今日は随分早く街に出られるのですね、ラト様」

付いてきたキリアンが不思議そうにしている。

「早く行かれてもルナ様は色々と用事があるので、我々に付き合ってくれないのでは？」

「問題ない」

俺は断言した。そう、何も問題ないのだ。

しばらくすると、遠くのほうから街へとやってくるルナの姿が目に入った。

ルナは俺たちのことを見つけると、きょとんとした表情を浮かべた。

「今日は随分早いのね、ラト。わたしは用事を済ませないといけないから、この時間からお茶とかはできないわよ？」

「問題ない」

「問題ない？」

ルナは怪訝《けげん》な顔をした。キリアンも同じような顔をしている。

「お前の用事はキリアンが済ませる」

「わたしの用事を？　キリアンが？」

俺の言ったことをルナはいまいち理解できていない様子だ。

「ラト様⁉　わたしはそんなことは聞いていませんよ⁉」

キリアンが目を丸くして抗議してきた。

「今言ったではないか？」

まったく臨機応変に対応できないヤツだ。

「いえ、わたしは護衛として、お側を離れるわけにはいきません！」

必死になってキリアンは食い下がる。

「ふむ、おまえは俺を信じていないのだな？　俺が誰かに後れをとると、そう考えているのだな？」

「そういうわけでは……しかし……」

俺の反論に、キリアンはしどろもどろになった。

「別にいいわよ、ラト。だって、これはわたしの仕事だもの」

ルナがキリアンに加勢した。

「いい？　そんなわけないだろう、ルナ。おまえは王都のことをどれくらい知っているのだ？　毎日、屋敷と決まった店の間を往復している程度だろう。それにその護符を付けていれば、知り合いはまったくできないのではないか？　それでは行動範囲もまったく広がらないはずだ。これは行きたいところに行ける良い機会なのだぞ？」

「うっ」

ルナは言葉に詰まった。真面目な娘だが、好奇心は旺盛なところがある。

「さあ行け、キリアンよ。乙女のために働くのは騎士の務めぞ？　それとも主の言う事が聞けぬか？」

「あ、あとで姉上に言いますからね？」

少し不貞腐《ふてくさ》れた態度をとったキリアンだったが、その後、ルナから今日の用事の詳細を真面目に聞き取っていた。

「ごめんね、キリアン」

ルナもすまなそうな顔をしていたが、結局はキリアンに用事を押し付けていた。己の内なる好奇心に敗北したようだ。


走り去るキリアンを見送った後、俺はルナを様々な場所に連れて歩いた。

王都を一望できる丘の上。そこは景色が良く、恋人同士がよく行く場所でもある。

ルナはそこで自分の住む屋敷や、見知った場所を一生懸命探していた。

「高いところから見ると、また違って見えるのね」

そう言って、子供のように喜んだ。いや、こいつは子供の頃からこのような場所に来たことがなかったから、そんな反応にならざるを得なかったのだろう。そう考えると何やら複雑な気分になった。

結構な時間を丘で費やした後、今度は街の店を案内した。

服を売っている店、装飾品を売っている店、宝石を売っている店。

どれも女なら喜ぶようなところだ。

実際、ルナも喜んだが、何も買いはしなかった。

「何故買わぬ？　金なら俺が払ってやるというのに」

「人から買ってもらうわけにはいかないわ。だって、お金って大事なのよ？　何せ、わたしが買えてしまうんだから」

ルナは冗談めかして言った。それは少し悲しい冗談で、俺もそれ以上は勧められなかった。

ただ、食べ物なら喜んで食べた。金がかかるのは変わりないが、ルナの中ではそれは構わないらしい。恐らく、形に残らないものなら良いのだろう。

屋台で色々なものを食べた。別に高いものではなく、庶民であっても普通に食べられるようなものばかりだ。それをルナは喜んでいた。

他にもやりたかったことはあったが、キリアンが息を切らして戻ってきたのだ。

「終わりました、ルナ様！」

まったく気の利かぬヤツだ。

「ありがとう、キリアン」

ルナはその日一番の笑顔をキリアンに向けた。何だか腹立たしい。

そして、ルナは俺のほうを振り返った。

「ありがとう、ラト。今日は本当に楽しかったわ。多分、今までの人生で一番ね」

……美しいものを見た。決して金などでは買えぬものだ。

俺も楽しかった。多分、今までの人生で一番。

けれど照れ臭くて、そんなことは言えず、俺は顔を背けてしまった。

# 9

ラトとはその後も時々会ったわ。

大抵、わたしが買い物をした後に、道で待っているの。

そのたびにお茶をご馳走してくれたから、それがわたしの楽しみでもあったわ。

お茶もお菓子も滅多に食べられないものだからね。

あるとき、わたしは言ったの。

「みんながお茶を毎日飲めればいいのに」って。

そしたら、

「無茶を言う。これは遠い場所から運ばれてくる嗜好品だ。そう安価にできるものではない」

ってラトが偉そうに言ったわ。

「じゃあ、お菓子は？」

「菓子に使われる砂糖はもっと高価だ。あれは、はるか南のほうでしか取れぬ」

「じゃあお茶も砂糖も、近くで栽培すればいいじゃない」

「ああいうのはその地域の風土でしか育たない物だ。そう簡単にはいかん」

「じゃあそこでたくさん作って、たくさん運べばいいでしょう？」

「向こうには向こうの事情がある。こちらが作れと言ったところで、素直に従うものでもない」

「不便なのね、世の中って。誰でもお茶とお菓子が楽しめるようになって欲しいわ」

「皆が貴族のようになれる世の中か？　おまえはとんでもないことを言うヤツだな？」

まあそんな会話をしていたわ。お茶を飲んでいると、そのときのことをふと思い出すの。

ラトが何者か？

さあ、知らないわ。多分、偉い貴族だと思うから、騎士様こそ心当たりない？

背の高い金髪の偉そうなヤツよ？

ないの？　ふーん、まあいいわ。

あとはね、薬草を取りに行くときに付いて来てくれたこともあったわ。

断ったんだけど「娘ひとりでは危ない！」って言われて、半ば強引にね。

しょうがないから、その日はスケルトンはお留守番よ。

代わりにラトとキリアンが護衛してくれたわ。

でもね、一緒に薬草を摘んでくれるから、スケルトンよりも役に立ったわ。

さすがに薬草を取らせることを、スケルトンに覚えさせるのは難しかったからね。

スケルトンは知識が要る作業はできないのよ。薬草と毒草の区別もつかないしね。

ラトたちと薬草取りに一緒に行ったときは、キリアンがお昼ご飯を用意してくれたのよ。まるでピクニックっていう貴族の娯楽みたいで楽しかったわ。

そうそう、ラトは意外と強いのよ。

一緒に薬草を取りにいったときに、森の中で魔物に襲われたことがあったの。

普段ならスケルトンが追っ払うから問題ないんだけど、ラトとキリアンでしょう？

身分は高そうだけど、口ばっかりであまり強そうには思えなかったのよ。

「大丈夫かなぁ？」って心配したわ。

え？　わたしに余裕がある？

一応、わたしは魔法が使えるからね。攻撃用の魔法も覚えたし、よっぽど強力な魔物でもなければ倒せるのよ。だから、問題ないの。

でもね、せっかく張り切って、男の子たちがわたしを守ろうとしてくれているんだから、先にわたしが倒すのも無粋ってものでしょう？　やっぱり、こういうときには男の子に頑張ってもらうべきだと思うの。

彼らが駄目だったときは、わたしが助けてあげればいいしね。

プライドの高いラトが魔物に負けて、ショックを受けているところを、わたしが颯爽と助けてあげるの。それってちょっと気持ち良いでしょう？　弱みも握れるし。

性格が悪い？

そんなことはないわよ。ルシアナも同じようなことをしたことがあるって言っていたし。

確か、プライドの高い男ほど、その高い鼻を折ってやった後は、従順になるってルシアナから聞いたわ。だから、女性はみんな似たようなことをするものじゃないの？

違う？

騎士様は女じゃないのに、何でそんなことがわかるの？

まあいいわ。

でもね、さっき言った通り、ラトたちは強かったの。

現れた魔物は狼を一回り大きくしたようなヤツだったんだけど、飛びかかってきたところを剣を一振りして仕留めたのよ。

見事なものだったわ。

動きが速かったし、それなりに大きな魔物なのに綺麗に斬ったのよ？

わたしは剣についてはよく知らないけど、それでも相当強いことがわかったわ。

ひょっとしたら、うちのスケルトンよりも強いかもしれない、ってね。

ずっとスケルトンって呼んでいるけど、正式にはグリム・リーパーっていう、かなり上位のアンデッドなのよ？

結構あとになってから、師匠に教えてもらったんだけどね。

その上位のアンデッドよりも強いとなると、かなりの剣の腕だと思うわ。

そんな剣士、聞いたことが無い？

そうなの？　キリアンも結構強そうだったけどね。騎士様だって知らないことはあるわよ。

世の中は知っていることより、知らないことのほうが多いの。そういうものよ。

まあ、そんな感じで、お茶したり、薬草を取りに行くのを手伝ってもらったりして、ラトたちとは仲良くなっていったの。

ラトはことあるごとに、わたしを自由の身にしてやるって誘ったわ。

別にいいって言っているのに。

何なら、師匠がわたしを買ったときに払ったお金を、ラトが返すとまで言ってくれたの。

いくら貴族でも、そう簡単に払える金額ではないのにね。

でも、そう言ってくれるのは嬉しかったわ。

考えてみるとね、わたしが知り合った男の子って、ラトだけなのよ?

ああ、もちろんキリアンもそうだけど、彼はラトの弟分みたいな感じだから、ちょっと違うかな。

わたしが知っている他の男性っていうと、メイソンとか師匠になっちゃうけど、あの人たちって随分と年上だし、ちょっと特殊な人間でしょう?

だから、普通の男の人ってどういう感じなのかわからないけど、ラトと知り合えて良かったわ。出会いこそ最悪だったけど、案外良いヤツだったし。

顔も……あんまり認めたくないけど、それなりに良かったのよ、それなりにね。

でも、よく変なことでケンカしたりしていたわ。

「どちらが子供か」ってことで言い争ったこともあった。

当然、ラトのほうが子供に決まっているんだけど、わたしがどう大人なのかを証明してみせろ、って言われたの。

「わたしは子供じゃないわ。いろんなことを知っているもの！」って言ってやったわ。

「ほう、例えば？」

「愛してる人の身体に口づけすると、唇の痕が付くのよ。あなた、知ってた？　これって結構大人の知識よ？」

「……誰から聞いた、そんな話？」

「薬屋のお姉さんよ」

「……付き合う薬屋を変えたほうがいいぞ？」

ラトは呆れていたわ。

くだらない話よね、でも何故かよく覚えているの。

そういう、どうでも良い時間が案外大切だったりするのよ、きっと。

あとね、生まれて初めてプレゼントを貰《もら》ったの。

「アクセサリーはさすがに師匠に見つかっちゃうからいらない」って断ったんだけど、「それなら服の下に着ければいい」って、小さな腕輪をね。

服の下に着けたらアクセサリーの意味がないと思うんだけどね。

でも今も着けてるの、その意味のない腕輪を。服の下にね。

ラトはわたしのことが好きなんじゃないかって？

それは当然じゃない？

だって、わたしは美人だもの。好きにならない男の子なんていないわよ。

……でもね、わたしだってわかっているのよ。相手は貴族で、わたしは身分もよくわからないような売られた身の上よ？　その先はないのよ。

まあいいじゃない。わたしは魔法使いとして生きていくんだから、そういうことは必要無いのよ。

この先もずっとね。

えーっと、わたしの話はこれで終わりかな？

あんまり師匠の話はしなかったわね。ごめんなさいね。

師匠はずっと屋敷に引き籠もったままで、滅多に外に出ないのよ。

だから話せることが全然なくてね。自分のことならいっぱい喋れるんだけど。

師匠はまったく外出しないのか？

時々、出かけるわよ。そういうときは長いわね。1週間とか不在になるわ。多分、魔法に必要な素材とかを集めに行ったりしてたんじゃないかしら。

わたしを買いに来たときだって、結構屋敷を空けていたはずだしね。

最近、いつ出かけたか？

ひと月くらい前かしら？　結構長いこと出かけていたわ。

屋敷に戻ってきたときは、ちょっと疲れた感じだったし、よく覚えている。

十分参考になった？

それは良かったわ。わたしもお茶をご馳走になったしね。

episode

# 3

ルナを先頭にラトとキリアンが連れ立って歩いていた。

ここは王都の近郊にある森の中である。近郊とはいっても、滅多に立ち入る者はいない。

森は魔物が出没する魔境であり、人がいくら自然を切り開いて街を作ったとしても、それは世界のほんの一部に過ぎないことを思い知らされる場所でもあった。

それゆえに王都の人間は「あそこには魔物が出る」「亡霊も出るらしい」「人が森に入ると二度と出られない」などと噂し合っている。

時には、親が子を躾《しつ》けるときに「森の中に置いて行くよ？」と脅かす材料にも使われていた。

そんな場所を鼻歌まじりにルナは歩いていた。

森の中は草木が鬱蒼《うっそう》と茂り、視界が良好とはとても言えない。そこから何が飛び出してくるのかわかったものではないのだ。

ラトもキリアンも既に剣を抜き放っており、いかなる事態にも対処できるように気を張っていた。

「なあ、ルナよ」

たまらずラトが呼びかけた。

「おまえはどうしてそんなに余裕があるのだ？　この森に魔物が出ることくらいは知っておろう？」

魔物が出るという話は決して噂話ではない。時には森から出てきて王都に近づき、騎士団が出動する事態になることもあるのだ。

「ああ、わたしは魔法使いだからね。魔物の気配くらいは探知できるのよ」

ルナは魔法使い見習いではあるものの、その年にしては色々な魔術を身に付けていた。派手な攻撃魔法はそれほど得意ではないが、火をつける魔法や水を出す魔法などといった普段の生活に役に立つような魔術を積極的に覚えている。魔物の気配を探る魔法もそのひとつだ。

「……では今は近くに魔物はいないのだな？」

剣まで抜いて用心していた自分たちが臆病に思えて、ラトは少し恥ずかしくなった。

「近くにはね。正確に言うと魔物に反応するんじゃなくて、敵意に反応するって言ったらいいのかしら？　だから今は何かに狙われているわけではないってことよ。お互いに気付かずに魔物と遭遇しちゃったら、どうしようもないから、警戒するにこしたことはないわ」

事もなげにルナは答えた。

「いや待て。それでは全然安心できぬではないか。なんでおまえはそんなにも気楽にしていられるのだ？」

「この護符ね」

ルナは首に下げた護符を手に持った。

「別に効果は人間に限定しているわけじゃないのよ。わざわざ、そんな制約を付ける必要はないしね。魔物にもある程度効果はあるから、相手を刺激しなければ、そっと逃げることもできるのよ」

「……ひょっとして魔物と遭遇しても、襲われるのは俺とキリアンだけということか？」

ラトの言葉には、わずかな怒りがまじっている。

自分から薬草取りに付いて行くと言ってやってきたのだが、囮《おとり》にされていると思うと、やはりいい気はしない。

「まあ、そうなるわね。わたしはその間に逃げればいいわけだから、よっぽど安全なのよ」

ルナは白いローブをなびかせて軽やかに振り向くと、悪戯《いたずら》っぽく笑った。

その振る舞いがあまりにも可憐で、ラトのわだかまりは一瞬で霧散してしまった。

隣にいたキリアンも頬を赤らめて、ルナに見とれている。

「あ、今のは冗談よ？　魔物が襲ってきたら、ちゃんとわたしも魔法で戦ってあげるから、みんなで頑張りましょう」

王都にいたときもルナは十分に美しい少女だったが、自然の中で活発に動いて楽しそうに微笑んでいる様は、まるで妖精のようだった。

その後、ルナの指示に従って、ラトとキリアンは薬草を集めた。

時にはラトが間違えた草を取ってしまったり、キリアンが妙に薬草を探すのが上手かったりして、３人とも笑いながら本来は地道な作業を楽しんでいた。

予定よりも多くの薬草が集まってひと段落すると、キリアンは持ってきた荷物の中から、パンの間に肉やチーズを挟んだ軽食を取り出し、ラトとルナに振る舞った。

ルナは魔法で水を出し、さらにその水に魔法をかけて冷水にして、ラトとキリアンに分け与えた。

「こういう食事も悪くないものだな」

ひとり何もせずに飲み食いしたラトは、とても満足げに空を見上げていた。

「本当に図々しいわね、ラトは。あなたも何か用意してくれれば良かったのに」

ルナはそんなラトをからかった。

「何を言う。飲み食いするのも立派な役割だ。料理人だけがいたところで、それを正しく評価する人間がいなければ意味がないではないか」

ラトの言葉に、ルナとキリアンは顔を見合わせて苦笑した。

そんなふたりの様子を見て、ラトは何故か機嫌を悪くしたのだった。


軽い食事を終えた後、３人は王都へ戻ろうとしたのだが、その途中で先頭を歩いていたルナが立ち止まった。

「困ったな。帰り道をふさがれているわ。待ち伏せされていたみたいね」

さっきまでの楽し気な表情が一転して、緊張感のあるものへと変わっている。

「魔物か、ルナ?」

ラトが剣を抜き放った。キリアンもそれに倣《なら》う。

「そうみたいね。多分、探知魔法の範囲外からずっと狙われていたのかもしれない。この先に複数の反応を感じるし、後ろからも迫ってくる気配があるわ。完全に挟まれている」

ルナの言葉に少し焦りが感じられた。

「問題はない」

ラトがルナよりも前に進み出た。

「前にいる魔物は俺が倒す。後ろから来る魔物はキリアンが倒す。それだけのことだ。おまえもたまには娘らしく震えておれ」

自信に満ち溢れたラトの姿に、ルナはかえって不安を感じたのだが、それは口に出さないでおいた。


そのまま進んでいくと、前からのっそりと巨大な狼が2匹現れた。魔狼《まろう》と呼ばれる怪物である。狼の祖であるとも、狼と魔物の間に生まれたものとも言われているが、実際のところはわからない。

ただ、その大きさは狼というより四《よ》つん這《ば》いになった熊を思わせ、異常に血走った目、瘴気《しょうき》を伴った呼気とむき出しになった大きな牙は、それが魔物であることを雄弁に物語っていた。

そして、魔狼はルナたちの後ろからも1匹姿を現している。

「3匹もいるけど、本当に大丈夫なの？」

ルナはやっぱり心配だった。自分ひとりであれば、魔法を使って目くらましでもしている間に逃げることはできるが、3人ともなるとそうはいかない。

「問題ないと言っておろうが。俺より強い者など、そうはいないのだぞ？　キリアン、後ろの1匹は任せるぞ？」

「畏《かしこ》まりました」

ラトもキリアンも気負った様子はなかった。むしろ、敵を前にして、さきほどよりも落ち着き払っている。それは実戦を重ねた者の持つ独特の雰囲気であったが、当然ルナにはわからず、「何でこのふたりはこうも冷静なのだろう？」と不思議に思っていた。

魔狼はすぐに襲いかからず、じりじりと間合いを詰めてきた。

彼らの目論見としては、自分たちの姿を見た獲物が驚いて後ろに逃げていったところを、後方のもう一匹が襲い、さらにそこに襲い掛かるという算段を立てていたのだ。

それはルナの探知魔法によって見破られていたのだが、さすがに魔物がそんなことにまで気が付くはずがなかった。

逆にラトが剣を構えて、2匹の魔狼へと向かっていく。後方に現れた魔狼はキリアンによって牽制《けんせい》されていた。

魔狼は、自分たちを見ても恐れもせずに立ち向かってくる不遜な人間に、敵意を向けた。

左右に分かれて挟撃の体勢を取ると、唸り声をあげて威嚇する。

そこにラトが踏み込んだ。右方向の魔狼へと滑り込むように移動すると、剣を横薙《な》ぎに振るった。

予期せず先に攻められた魔狼は思わず後ずさり、もう1匹の魔狼も仲間を助けようと慌ててラトに向かって飛びかかった。

その攻撃こそ、ラトが意図したものだった。

右側の魔狼にフェイントの攻撃を仕掛けることで左側の魔狼を動かし、各個撃破するのが狙いだ。

まんまと釣り出された魔狼は、ラトが返した剣で頭部を正面から叩き斬った。

それは一瞬で起きたことであり、ルナの目には片方の魔狼が逃げると同時に、襲い掛かってきたもう片方の魔狼がラトによって斬られたようにしか見えない。

後ずさった魔狼も態勢を立て直して、すぐさま飛びかかってきたのだが、ラトは電光石火で剣を振るい、これも簡単に仕留めて見せた。

ルナは振り返って、キリアンの方を伺ったが、そちらも既に魔狼が1匹血だらけになって倒れていた。キリアン自身は肩で息をしていたが、傷を負った様子もない。

ルナは援護のために詠唱しかけていた魔法を取り止めて、ほうっと息を吐《つ》いた。

「あなたたちって本当に強かったのね？」

「当たり前だ、ルナ。俺を誰だと思っている？」

ラトは剣に付いた血を振り払って鞘に収めた。何となく見世物めいた動作だった。

「誰って、ラトでしょ？」

ルナは小首をかしげた。

「……うむ、まあそうだな」

問われたラトも返答に困って、決まりの悪そうな表情を浮かべる。

「ラト様はですね、最強の戦士なのです！　誰もラト様には勝てないのですよ？」

キリアンは、ラトがルナの前で魔物を倒して見せたことが誇らしいようで、少し興奮した様子でラトを褒め称えた。

「最強って……それは褒め過ぎよ、キリアン」

自分の主人を一生懸命褒めるキリアンを、ルナは微笑ましく眺めていた。

「いや、おまえも少しは俺のことを褒めるがいいぞ？」

ラトは少し不満そうな顔をしていた。

# 10

コンラートは頭の中で情報を整理していた。

ルナから聞いた話は日々の生活に関するものが多かったが、コンラートは庶民の生活には詳しくなく、それほど興味もなかった。しかし、重要な話も少なくなかった。

カーンという魔導士はやはり死霊魔術師で、かなり高位の魔法が使えるようだ。

スケルトンドラゴンまでは使役できないだろうという話だが、ルナに教えていないだけで、実はその領域にまで到達している可能性もある。

また、カーンの住む屋敷に関する情報も得られた。

庭にはグールが埋まっていて、勝手に入ると足を掴まれて襲われるらしい。

何という恐ろしい罠だろうか。

屋敷の中にはグリム・リーパーと呼ばれるスケルトンが3体。

大鎌を得物とする上級のアンデッドだ。騎士団の人員で勝てるかどうかわからない。

やはり、無理に入るのは危険だと、コンラートは判断した。

確実にカーンのもとにたどり着くには、ルナの協力が必要だった。

そこでコンラートはルナに話を持ちかけた。

「ルナ。実はカーンの命が狙われている可能性がある」

「師匠の？　何故？」

ルナは不思議そうに尋ねた。彼女は何も知らないようだ。

「現在、ラーマ国は反乱軍と戦争状態にあるのだが、劣勢を強いられている。ただ、劣勢であることは王都の臣民にはまだ知らされていない。無用な混乱を起こしたくないからだ」

巨大な版図を築いたラーマ国は武王が病を得てから綻びが生じ、各地で次々と反乱が起きていた。しかもその動きは反ラーマ国を旗印にひとつに糾合され、大きなうねりとなっていた。

数に勝る反乱軍にラーマ国軍は敗退を重ねており、戦況は極めて不利な状態だった。

ただ、前線となっている場所は王都から遠く、市民たちにとっては実感の薄い戦いとなっている。

「はぁ」

ルナは気のない返事をした。遠い戦地のことなど、自分には関係ないと思っているのだろう。

「ところがだ、その劣勢が覆りつつある。反乱軍の侵攻を、たったひとりの魔導士が撃退しているらしいんだ。それもアンデッドの軍団を用いて」

これも一般には知らされていないことだが、優勢だった反乱軍は突如出現したアンデッドの軍団によって、主力となっていた軍をいくつも壊滅させられていた。

反乱軍は敗北を隠すためにその事実を隠蔽し、ラーマ国軍もアンデッドに助けられたとあっては外聞が悪いため、あまり大っぴらにしていなかった。

「それが師匠だと言いたいの？　アンデッドの軍団なんか、師匠には作れないと思うけど？」

ルナは首をかしげた。

「わからない。ただ、アンデッドたちが勝手に反乱軍だけを襲っているとは思えないから、背後には相当な実力を持った死霊魔術師がいることは間違いない。ドラゴンの骨を用いたスケルトンドラゴンの存在まで確認されている。大軍をもってしても勝つことができない恐るべき相手だ。今、ラーマ国と反乱軍の双方で、必死にその魔法使いを探している。ラーマ国は保護するため、反乱軍は殺害するためだ」

スケルトンドラゴンは魔物の中でも上位の存在として知られている。ドラゴンほどの攻撃力はないが、対アンデッド用の装備でないとダメージを負いにくい。

当然、反乱軍がそのような装備を常備しているはずもなく、ある意味、もっとも厄介な敵と言えた。

「何となく事情はわかったけど、他にもたくさん死霊魔術師はいるんじゃないの？　うちの師匠だけじゃないでしょ？」

「実は死霊魔術は未だに禁忌の魔法なんだ。このことを知っているのは、正規の教育を受けた魔法使いたちだけなんだが、本当は死霊魔術を学んだだけで罪に問われる。だから、死霊魔術師なんて、ほとんどいないんだ」

「死霊魔術が禁忌？　そうなの？　全然知らなかったわ！」

ルナは口に手を当て、目を大きく見開いた。

「それだけじゃない。君はひと月前にカーンが留守にしていたと言っていたが、その期間にラーマ国軍と反乱軍の間で大きな戦いが起きていたんだ。しかも、その戦いは反乱軍がアンデッドたちの襲撃を受けたことで大敗を喫している。これは偶然の一致とは思えない。君が知らないだけで、カーンがアンデッド軍団を動かしているという可能性が高い」

コンラートはひじをついた両手を口元で組み、ルナを見据えた。

「もちろん、我々は君のことを罪に問うつもりはない。ルナは正規の教育を受けていないから、知らなかっただけだからね。それに禁忌の魔法とはいっても、死霊魔術がラーマ国を救っているのも事実だ。カーンが我々の捜している魔導士であってもなくても、罰を受けるようなことにはさせない」

「わたしも師匠も罰は受けないのね？　それは良かったわ」

自分たちが罪に問われないと知って、ルナは胸をなでおろした。

「いや、我々はそのつもりでも、ラーマ国内でも死霊魔術師の存在を忌避する勢力はある。死霊魔術師の処遇を巡って意見が分かれているんだ。それに反乱軍から命を狙われていることには違いない。たとえカーンが反乱軍を撃退している魔導士でなくても、疑わしい魔法使いはすべて始末しにかかるだろう。もともと、死霊魔術は禁忌のものだから、片っ端から殺すことに躊躇《ちゅうちょ》はしないはずだ。どちらにしろ、カーンの命は危ないんだ」

「どうすればいいの？」

「わたしたちをカーンのもとまで案内してくれ。安全な場所へと案内する」

「先に師匠と相談をさせて？　勝手に他の人を屋敷に案内できないわ」

「いや駄目だ。急ぐ必要がある。ラトという人物のことが気になるんだ。必死に君のことをカーンから自由にしようとしていたのは、カーンが死霊魔術師の可能性があることを知っていたからなんじゃないのかな？

わたしはラトのことを本当に知らないんだ。職務上、この王都の重要人物は全員知っているはずだが、そんな名前の者は聞いたことがない。逆にキリアンという名前は一般的過ぎて見当がつかない。何なら、我が騎士団の団長もキリアンという名だ。もう60過ぎの高齢の方だがね。

そういうわけで、彼らは反乱軍側の人間という可能性もあるし、王国内の人間だったとしても、死霊魔術師を許さない立場の人間かもしれない。もしそうなら、君と接触してカーンの情報を引き出し、死霊魔術師だとわかったら、カーンを始末する気でいる可能性がある」

「ラトが？　確かに師匠のことを知りたがっていたけど、そんなはずはないわ」

「あくまでも可能性の話だ。でも正直に言えば、ラーマ国は陛下が病に倒れてから斜陽になりつつある。ラーマ国の広大な版図は今の陛下一代によって築かれたようなものだからね。急拡大した反動もあって綻びも多い。

ラーマ国内部でも、反乱軍が有利と見て裏切る者も出てきている。その裏切り者たちにとっても、反乱軍を潰している死霊魔術師は危険な存在なんだ。自分たちが裏切った国のほうが優勢になってしまったら、元も子もないからね。だから、今は内部の人間であっても、信頼できる者は少ないいんだ」

コンラートはルナの肩を掴んで、その赤い眼を見つめた。

「頼む、我々を信じてくれ。君たちを助けたいんだ！」

ルナもコンラートの目をじっと見た後、小さく息を吐いた。

「……わかったわ。師匠のもとへと案内する。でもすぐに行けるの？」

「問題ない。わたしと扉の外にいるふたりの部下で行く。あのふたりは信頼できる」

「他に信頼できる人はいないい、ってこと？」

「残念ながらね」

コンラートは苦い笑みを浮かべた。

「でも大丈夫。わたしも部下たちもそれなりに腕の立つ騎士だ。何があっても、君たちのことを守ってみせるよ」

そう言うと、コンラートは外にいる部下たちに声をかけるために部屋を出た。

「何があっても、ね」

ルナはコンラートに掴まれた肩を触った。

「気安い男はあまり信用できないんだけどな」

その声は、コンラートには届かなかった。

コンラートとそのふたりの部下はしっかり武装を整え、その上にマントを羽織った。

武器は銀製の剣である。アンデッドに対しては、鉄製のものより有効とされていた。

万が一の事態を考えてのことである。

「待たせたね、行こうか」

詰め所の扉にもたれかかって待っていたルナにコンラートが声をかけた。

「そうね。わたしの話が長かったせいもあるけど、すっかり遅くなってしまったわ」

扉を開けると、外の景色は黄昏《たそがれ》に染まっていた。

# 11
(SIDE3)


日が落ち、西の空にかすかな茜色が見える時分、ラトの部屋にルシアナが駆け込んできた。

「ラト様、カーンの屋敷で強い魔力反応があります。儀式が行われているのかと……」

「どういうことだ？　何故、今になって儀式を始めた？　前触れはあったのか？」

ラトは強い口調で、ルシアナを問い質《ただ》した。

「わかりません。ですが、カーンの屋敷で、かなり高位の魔術の儀式が行われていることは確かです。ラト様がルナちゃんに渡した腕輪が、強い魔力に反応しています。鍛錬や実験程度で行われるようなレベルのものではありません。もし、吸血鬼化、さらには不死の王の儀式だとすれば、早く止めないと手遅れに……」

ルシアナからは普段の余裕の表情が消え、焦りの色が見える。

ラトがルナに贈った腕輪は、強い魔力に反応して、ルシアナに異常を知らせる魔道具だった。察知できる範囲は都市ひとつ程度の広さだが、それでも十分な代物だ。

「ちっ、キリアン！」

ラトがキリアンに呼びかけた。

「はっ」

傍に控えていたキリアンが跪《ひざまず》いた。

「銀製の装備を用意しろ！　俺とおまえのふたり分だ。聖水もありったけ持ってこい！　吸血鬼退治だ！」

「畏まりました」

すぐにキリアンは動き出した。

「ラト様、ふたりだけで行かれるおつもりで？」

ルシアナがラトを見つめた。

「たわけ、おまえもだ！　だが、他の者はいらん。無用な犠牲が増える。あと、あの鏡も持ってこい」

「あの鏡ですか？　勝手に持ち出しても宜しいので？」

「そのうち俺の物になるのだから構わん」

「……わかりました」

そう言って、ルシアナも準備を整えるために下がった。

「何故、今なんだ？」

ラトは唇を強く噛んだ。

それからほどなく、ラトたち3人は馬を飛ばして、カーンの屋敷の近くにまで来ていた。

いつものように、屋敷の周辺には人気がない。人の姿は。

「何だ、このグールの数は！」

ラトが叫んだ。そこには屋敷を取り囲むように、大量のグールたちの姿があった。

グールの外見は老若男女様々だが、皆歩くのが辛そうに前屈みとなり、怨嗟《えんさ》を感じる唸り声をあげている。

「恐らく墓地から発生したものでしょうが、これは……」

ルシアナも目元を歪めている。今の彼女は魔導士の黒いローブに身を包み、顔の下半分をヴェールで覆っていた。手には先端に大きな宝玉をつけた長い杖を持っている。

「もはや、死霊魔術師であることを隠そうともしておらぬか！」

このグールたちは儀式を邪魔させないための時間稼ぎであることに、ラトは気づいていた。

「不死の王となってしまえば、その後のことはどうでもいいのでしょう」

ルシアナが言った。吸血鬼であれば、まだ対処もできるが、不死の王は伝説に謳われるような強力な魔物である。倒すには相当な準備が必要となり、その間にカーンはどこぞへと逃げるつもりなのだろう。

「是非も無し。斬り込むぞ。キリアン、おまえは姉を守れ」

「はっ！」

「お待ちください、ラト様。まずはわたしが……」

剣を抜いて突っ込もうとしたラトを止め、ルシアナは呪文を唱え始めた。

魔法の詠唱は、魔力が込められた古代の言葉で紡がれ、ラトたちには何を言っているのか理解できない。ただ、ルシアナの持っている杖の宝玉に、徐々に光が灯り始めている。

それが激しく輝いた瞬間、ルシアナは杖をグールたちに向け、呪文が発動した。

杖から放たれた紅蓮《ぐれん》の炎が、屋敷を囲んでいたグールたちを一気に包み込む。

「おい、あの炎は屋敷まで燃やさないだろうな?」

ラトが少し不安そうな表情を浮かべた。

「そうできれば、話は簡単なのでしょうが……」

ルシアナは目元だけで笑った。

「ルナちゃんを助けなければなりませんし、あの程度の炎では屋敷を覆っている結界を破ることはできません」

「ならば好都合。行くぞ!」

炎に焼かれ苦悶の声をあげているグールたちを横目に、ラトたちは屋敷の敷地内へと足を踏み入れた。

☾

3人が門をくぐったところで、屋敷の扉が開き、中から3体のスケルトンが姿を現した。

その手には、柄が槍程の長さの大鎌を握っている。

「最悪……グリム・リーパーです。ただのスケルトンではありません。上位のアンデッドです。

やはり、カーンはかなり高位の死霊魔術師のようですね」

ルシアナが注意を呼び掛けた。

「所詮、骸骨だろうが！」

ラトが剣を脇に構え、滑るように1体のグリム・リーパーに向かっていった。

キリアンがラトをサポートすべく、他の2体の動きに備える。

ルシアナも再び呪文を唱え始めた。

「せやっ！」

ラトが横薙ぎの一閃をグリム・リーパーに放ったが、物言わぬ骸骨は大鎌の柄で難なくそれを受け止めた。

それを予期していたラトは、すかさず袈裟懸《けさが》けの斬撃に移行する。

グリム・リーパーは素早い動きで大鎌を持ち上げ、肩を狙った一撃にも対処したが、その持ち上がった腕をラトが狙った。

手の動きだけで鮮やかに剣を返し、グリム・リーパーの両腕の手首から先を斬り落としたのだ。

「お見事です！」

他のグリム・リーパー1体の相手をしていたキリアンが快哉を叫んだ。もう1体のほうは、ルシアナが魔法で牽制している。

手首ごと大鎌を失った骸骨は、何が起きたのか理解できなかったのか、失われた腕の先に視線を落とした。

その隙に、ラトがその髑髏《どくろ》を刎《は》ね飛ばす。

さらに他のグリム・リーパーの状況を、目線だけで瞬時に確認すると、ラトはキリアンと斬り結んでいたほうの片足を斬った。

そして、ルシアナが相手をしていたグリム・リーパーへと向かっていく。

足を斬られ体勢を崩したグリム・リーパーを、キリアンは慎重に仕留めた。

ルシアナの魔法で牽制されていたグリム・リーパーは、横からのラトの攻撃に対応できず、胴を斬られて上半身が地面に滑り落ちる。

ルシアナはその上半身に素早く近づくと、髑髏に足をかけ、ヒールで踏み砕いた。

「頭部が残っているとグリム・リーパーは何度でも復活するので、髑髏は砕いてくださいね」

ルシアナがにこやかに告げた。

「……そうか」

ラトとキリアンは言われた通りに、剣で髑髏を砕いたが、

(何で踵《かかと》で砕くんだ？　杖を使えばいいのに)

と思っていた。

3人は屋敷の中へと足を踏み入れたが、邸内は静かなもので、物音ひとつ聞こえない。

いつもルナが掃除をしていたためか、薄暗い儀式が行われているとは思えないぐらい、中は綺麗に整っていた。

「どこだ?」

ラトがルシアナに問いかけた。

「地下です。下から魔力を感じます」

「その下に繋がる階段はどこにある?」

「恐らくカーンの自室でしょう。秘儀を行う場所は、魔導士にとって極めて私的なものですから」

ラトたちは片っ端から部屋を調べた。

食堂、書庫、応接間、客間、どこも綺麗にしてあった。

(偉いものだな)

このような状況にもかかわらず、ラトはルナの仕事ぶりに感心した。

カーンの屋敷には、ルナしか家事を行う者がいない。ひとりでこの広さの邸内を常に整えておくのは大変なことだった。

1階の最奥で、カーンの私室らしき場所が見つかった。

この部屋だけ、書物や何に使うのかわからないガラクタのようなものが乱雑に散らばっていた。

恐らくここだけは、ルナが掃除をするのをカーンが拒んだのだろう。

「ここか？」

ラトが部屋を見回したが、一見すると下に繋がる階段のようなものはない。

「大抵、本棚の後ろとかに隠し階段があるものです。自分の魔力にしか反応しない仕組みになっていて……」

ルシアナの言葉を聞くや否や、ラトは本棚をぶった斬った。

本来は魔法でスライドする機構を備えている本棚が崩れ落ち、その背後に隠した階段を露わにする。

「急ぐぞ！」

ラトが残骸となった本棚を蹴り飛ばしてどかすと、躊躇なく下へ続く階段へと飛び込んだ。

キリアンとルシアナも慌ててそれに続く。

階段の先は明かりも無く、ぽっかりと闇が待ち構えていた。

# 12
(SIDE4)


真っ暗な階段を下りた先には、大きな地下室が広がっていた。

その空間は、魔法の光によって青白く照らされている。

中心には祭壇のようなものが設置されており、その上にはルナが横たわっていた。

ルナの首筋からは血が流れているのが見える。

その傍らに立っている灰色の髪の男が、カーンなのだろう。

カーンは不思議そうにラトたちのことを見ていた。

「何故ここに来られた？　まさか、グリム・リーパーを倒したのか？」

その口調はさして驚いた様子もなく、平坦なものだった。

ただ、カーンの口の端からは血が滴っている。

「貴様！　ルナに何をした！」

ラトが激昂し、カーンに向かって剣を構えた。

「おまえたちには関係ないことだ。ルナはわたしが金で買ったものだからな」

やはり、無感情にカーンが答えた。

「金で人の命を好きにして良い道理があるか！」

「道理など人が勝手に決めたものだ。真理ではない」

「このっ……」

話が通じるようで通じないもどかしさを、ラトは感じた。

「ラト様」

ルシアナが後ろから囁いた。

「カーンが不死の王となった以上、退くべきです。我々だけでは……」

不死の王が相手では勝算が薄いと、ルシアナは冷静に判断している。

「こいつはここで倒す。おまえらは帰っても構わんぞ?」

ラトはカーンから目線を切らさずに答えた。

「わたしもお手伝いします」

キリアンも剣を構えた。

「ルナ様はわたしの友人でもありました」

「はぁ、しょうがないですね」

ルシアナはため息をひとつついて、杖を握りなおした。

「主人が愚かでも、従うのが下の者の役目ですからね」

「……おまえたちが何を怒っているのかわからないが、ここはわたしの屋敷で、わたしは魔術の儀式をしていたに過ぎない。誰に迷惑をかけるわけでもない。帰ってくれないか?」

敵意を示すラトたちに対して、カーンは諭すように語りかけた。

「いちいち言うことがもっともで腹が立つが、残念ながら死霊魔術は禁忌とされている。それを知らないわけではあるまい。裁きを受けろ、俺の剣でな」

話しながら、ラトがカーンとの間合いを詰めていく。

「それも人が勝手に決めたことだ。魔道を極めるためには人の寿命では足りぬ。故に永遠を手に入れた。それだけのことだ」

カーンは近づいてくるラトを見て、静かに呪文の詠唱を始めた。

「させるか！」

ラトは一気に間合いを詰め、剣の切っ先でカーンの喉元を狙った。

カーンはそれをわずかな動作でかわすと、ラトの胴体に蹴りを入れた。

「ごっ⁉」

鎧越しとはいえ強烈な打撃に、ラトの身体が浮き上がって後ろに飛んだ。

「……年の割にはやりおる」

蹴られたところを手で触りながら、ラトはあからさまな負け惜しみを言った。

「不死の王でも吸血鬼でも、身体能力と魔力は人間のときよりも大幅に向上します！　慎重に戦ってください！」

ルシアナが叫んだ。

そのルシアナに向けて、カーンが唱え終えた魔法を放つ。

杖の代わりに指先に魔法の光を灯し、それが電撃となってルシアナを襲ったのだ。

対して、ルシアナは杖を振るって、魔法の障壁を展開させる。

だが、電撃はたやすく障壁を貫き、ルシアナに幾ばくかのダメージを与えた。

「くっ……」

ルシアナの目元が苦痛に歪む。

「姉上！」

キリアンがカーンに聖水の入った瓶を投げつけた。

さすがに液体は避けきれず、カーンの身体が水で濡れる。

そして、濡れた肌は赤くただれた。

「ほう、やはりアンデッド化すると、信仰に依らず聖水に拒絶反応を示すか」

カーンは他人事のように自分のただれた肌を観察した。

そこにラトとキリアンが、タイミングを合わせて斬りかかった。

カーンはまるで何かの達人のように、ふたりの剣を紙一重でかわしていく。

「化け物め！」

ラトは自分の剣に絶対の自信があったにもかかわらず、素手の相手に通用しないことに衝撃を受けていた。

しかも、手の甲などで剣を弾かれ、拳や蹴りで反撃を喰らった。

鎧のおかげで大したダメージはないが、カーンが疲労する様子もない。

キリアンが何度か聖水を投げたが、そこまで有効ではなかった。

ルシアナも呪文を唱えているが、吸血鬼化したカーンは魔法に対する高い抵抗力をもっているせいで、まったく通じていない。

しかも、こちらから仕掛けねば、カーンに魔法を唱える時間を与えてしまうため、戦い続けるしかない。このままでは先にこちらの体力が尽きて、敗れるのは目に見えていた。

「やっぱり帰った方が良かったかしら……」

ルシアナが思わず弱音を吐いた。

「別に今から帰ってもらってもかまわんよ？　わたしは君たちに興味はない」

それに対してカーンは寛大な態度を示した。

「なめられたものだな……」

ラトはそう言ったものの、その表情は疲労の色が濃い。キリアンも肩で息をしている。

カーンは初めから表情ひとつ変えておらず、疲れも傷もない。

だが、地下室に一瞬の静寂が訪れたそのとき、祭壇の上のルナが「うっ」とわずかに身じろぎをした。

「まさか……生きている？」

ラトは目を見開いた。ルシアナもキリアンも驚いていた。

ただ、ルナはすぐに動かなくなった。

それを確認すると、ラトがカーンを睨んだ。

「貴様、不死の王ではないのか？」

「ああ、それなら止めた」

何でもないことのように、カーンはそれを認めた。

「……何故だ？」

「おまえたちには関係のないことだ」

「そうか……そうだな」

ラトはゆっくりと息を吐いた。

「ルシアナ、鏡を出せ」

「わかりました」

そう言ってルシアナが取り出したのは、人の頭程度の大きさの鏡だった。

「それは……」

カーンが初めて表情を変えた。

魔術に携わる者なら知っている『太陽の鏡』。それは昼間に太陽の光を蓄え、夜に太陽の輝きを模倣することができる魔道具である。古来より吸血鬼退治の道具として使用されてきた。

「なぜ、そんなものを持っている？」

『太陽の鏡』を造ったのはアスラの民であり、今では造ることができない。しかも、夜に日の光を再現できるため、王家の権威づけに使われることも多かった。一般に出回ることはまずない。

「おまえには関係ないことだ。ルシアナ、やれ」

声をかけられたルシアナが『太陽の鏡』を発動させるべく、魔力を流し込んだ。

すると鏡に太陽が映し出され、地下室すべてを照らすような強烈な光を放った。

カーンはすぐに腕で顔を庇《かば》ったが、直接光を浴びた身体からは白い煙が立ち始めている。

「ぬうっ……」

顔を庇ったカーンの手が一瞬でひび割れ、パラパラと皮膚が崩れ始めた。

しかし、その態勢のままカーンは動きようがない。

ラトは低い姿勢でカーンに近づくと、その心臓に剣を突き立てた。

「ごっ……」

カーンの口から大量の血が溢れ、ゆっくりと地面に倒れた。

「もうよいぞ」

ラトがルシアナに鏡をしまうよう命じた。

「ラト様、まだカーンは生きているのでは？」

ルシアナは懸念を口にした。

「かまわん。もう動けんし、今しばらくの命だ」

そう言われて、ルシアナは鏡をローブの中にしまい込んだ。

ラトはゆっくり、ルナのところへと向かった。

「起きろ、ルナ。目を覚ませ」

ラトは乱暴にルナの身体を揺すった。

「……んっ」

激しく身体を揺さぶられて、ルナは顔を歪めながら目を覚ました。

痛むのか首元に手を当てている。

「……何で、ラトがいるの？」

ルナは朦朧《もうろう》としながらも、ラトのことを認識した。

「おまえ、自分が何をされたか覚えているか？」

「えっ？　確か師匠に……あれ？」

首元を抑《おさ》えた手に付いた血を見て、意識を失う直前に何があったかをルナは思い出した。

「師匠に噛みつかれた！」

一瞬で意識が戻り、ルナは大声をあげた。

「……師匠は？」

「そこで倒れている」

ラトは倒れているカーンを指差した。

「何で？」

「吸血鬼と化していた。それを俺たちが討った」

ラトは淡々と答えた。

「何で師匠は吸血鬼なんかになったの？」

ルナは呆然としている。

「本人に聞け。まだ間に合う」

ラトは祭壇の上のルナを抱えると、ゆっくりと倒れているカーンの近くに連れて行った。

ルナは腕から下りると、ラトの肩を借りて立った。

「師匠、何で吸血鬼なんかになったんですか?」

# 13

瀕死のカーンは光を失っていた。その代わりに、今までの記憶が脳裏によぎっていた。

カーンの父親は魔導士であり、カーンは幼いころから魔法の教育を受けてきた。

魔法に対する資質があったために、普通の子どものようには扱われず、魔法のことのみを学ばされていた。

やがて、成長したカーンは魔導士として父親を超えると、さらなる高みを目指すために大魔導士ローガンを捜し出し、その門下に入った。

カーンは自分以上の魔導士に会ったことがなかったため、己の魔法に絶対の自信を持っており、いつかローガンをも超えるつもりでいた。

しかし、ローガンの魔法はカーンの想像を遥かに超えていた。それは生まれ持った才能の差でもあったし、魔法に対する向き合い方の差でもあったかもしれない。

「このままでは一生ローガンを超えられない」

カーンにとって魔法は自らの存在意義である。そのために、他のものはすべて捨ててきた。

今更、後戻りはできない。

師を超えるために、カーンはさらなる時間を、寿命を求めた。

そして行き着いた先が、死霊魔術であった。

吸血鬼となれば永遠の寿命が手に入る。さらに不死の王ともなれば、人を超越した魔力をも手に入れることができるのだ。

それならば、ローガンを超えることは難しくないと思われた。

死霊魔術が禁忌であることは、魔導士にとって常識だったが、カーンにとってはどうでもいいことだった。

カーンはローガンのもとを去ると、死霊魔術の研究に専念すべく、故国であるラーマ国に屋敷を構えた。

魔導士であり、貴族でもあった父親が亡くなり、その財産が入ったため、金銭的な不自由はなかった。

カーンは心置きなく死霊魔術の研究に取り組んだ。

研究を進めていくうちに、不死の王に至るにはアスラの民の命が必要であることが判明した。

目的は永遠の命であったため、吸血鬼となれれば十分であったが、不死の王となったときに得られる魔力には興味があった。

「アスラの民が必要だ」

カーンは素材のひとつとして、アスラの民を手元に置くことを考えた。

ただ、ラーマ国では人身売買は禁止されている。

そこで、アスラの民を扱っている他国の人買いの情報を求めた。

人付き合いがほとんどないカーンであったが、元は貴族であり、カーン自身魔法使いとしては高名であったため、ある程度の伝手《つて》は持っていたのだ。


そして、他国のある貴族の仲介で紹介されたのがルナだった。

カーンはすぐにその国へ赴き、人買いの屋敷へと行った。

メイソンと名乗った人買いはよく喋る愛想の良い男だったが、一緒にいたモリーという長身の女は怖い目つきで陰気な魔導士を睨んでいた。

しかし、カーンはそのどちらにもかまわず、ルナの状態だけに関心を向けていた。

赤い眼、白い肌に金色の髪。

それはカーンの良く知るアスラの民と同じものであり、間違いなくアスラの血を引いていた。

カーンはメイソンの言い値で代金を支払うと、ルナを引き取った。

代金は高額であったが、カーンにとって金はあまり意味のないもので、父親の遺産を使えば払えない額ではなかった。

金に困るようなら、薬でも作ればいいとも考えていた。魔導士が作る薬は高価だったので、それで生活をしている在野の魔導士は少なくなかったのだ。

こうして、アスラの民を手に入れたカーンだったが、ルナはまだ贄となる条件を満たしていなかった。

まだ幼く、魔法使いとしての素養もなかったため、魔力が十分についておらず、ある程度、魔法使いとして育てる必要があったのだ。

それは熟した果実でなければ、食すことができないことと似ている。

ルナはよく喋る娘だった。

ルナからしきりに自分を買った理由を問われたカーンは「弟子にするためだ」と伝えた。

嘘ではない。弟子にして、魔法使いとして育った後に、贄とするためなのだから。

すると、ルナはカーンのことを師匠と呼び始めた。

「師匠？」

カーンは弟子になったことはあるものの、弟子を取ったことは初めてだった。

よく考えてみれば、誰かの面倒を見ること自体が初めてだったのだ。

カーンの中でちょっとした変化が生まれた。ただ、それはほんのわずかなものだった。

屋敷に連れて行ったルナは、いきなりカーンに「お願いがあります！」と言った。

カーンはルナが帰りたくなったのかと考えた。もちろん、自分が買った素材なので、そんなことを許すつもりはなかった。

ところが、ルナのお願いとは屋敷の掃除だった。

確かに屋敷は大分荒れていたが、魔道を追究するには特に問題ないとカーンは思っていた。

ただ、カーンは自分の感性が普通ではないことを自覚していたため、掃除をすることを許可した。

屋敷が汚いという理由で、ルナに逃げようと思われても困るからだ。

ルナはよく働いた。小さい身体で屋敷中を掃除し、物を整理し、書物を綺麗に並べた。

それでいて自分が勝手にやってはいけないと思ったことには、カーンの判断を仰いだ。

また、最初はアンデッドに驚いていたが、自分を襲ってこなくなったとわかると、恐れることなく下僕として使い始め、カーンよりも上手く使役してみせた。

これにはカーンも「よく扱えるものだ」と感心した。

ルナが来てからひと月が経ち、屋敷は見事に綺麗になった。カーンとしては汚くとも問題はなかったのだが、それでも少女がひとりでここまでやり遂げたことに、感じ入るものがあった。

ただ、ひとつ気になったことがあった。

時折、ルナはカーンの様子を窺《うかが》うように、じっと見ていた。

それが何なのかカーンにはよくわからなかった。

屋敷の掃除が終わり、ようやく魔法の教育に移れると思ったカーンにルナは告げた。

「髭を剃らせてください」

聞けば男の髭を剃る訓練も、人買いのところで受けているという。

まったく興味がなかった。なかったのだが、またルナはカーンのことをじっと見ていた。

それは恐れのような怯えのような視線だった。

ようやくカーンは理解した。

ああ、この子には何もないのだ、と。

自分で自分を肯定することができない。だからカーンの反応を待ち望んでいる。

他人の中に自分を見いだそうとしているのだと。

ただ、カーンにはどうすればいいのかわからなかった。

カーンは魔法の中に自分を見いだし、他人にまったく関心のない生き方をしてきたからだ。

ルナを見ると、剃刀を持った手が震えていた。

……非常に危ない。物理的に危険だった。

ただ、彼女は髭を剃ることに自信をもっているようだ。

それを受け入れてやることが、唯一自分にできることだとカーンは悟った。

(死ぬかもしれない)

カーンは生まれて初めて死の恐怖を感じた。何故、永遠の命を求める自分が、この少女のために危険な目に遭わなければならないのかと疑問がわいた。しかし、最後にはルナに身を委ねた。

ルナはカーンを椅子に座らせると、自分は台の上に立って、それは嬉しそうにカーンの髭を剃った。上手いものだった。

カーン自身、悪い気はしなかった。そして、この子には信頼が必要なのだと理解した。

それからは師として魔法をルナに教えた。アスラの血を引くだけあって、魔力は高く、覚えも良かった。何より自分から魔法に興味を持ち、必死に学ぼうという姿勢があった。

それはカーンの関心を買うためだったかもしれないが、ルナの努力は決して偽りのものではなかった。

「筋が良い」と言ってやったら、殊更に喜んだ。

カーンはあまり人を褒めることができなかったが、その数少ない褒める言葉を、ルナはいつも笑顔で喜んでくれた。

そして、魔法使いとして成長していくルナの姿を、いつしかカーンは楽しみにするようになっていた。魔法以外のことに関心を持つ自分に、カーン自身が驚いていた。

しかし、ルナが来てから10年程が経ち、彼女が美しく成長した頃、ルナの様子に変化が見られた。

外に買い物に行った日は、何だか機嫌が良いのだ。

本人は気付いていないようだが、買い物に出た日とそうでない日とでは、明らかに様子が違った。

「恋人でもできたのだろうか？」とカーンは考えたが、ルナにそんなことは聞けなかった。

もし、街に恋人ができていて、ルナがその男のもとへと行ってしまえば、自分はまたひとりになる。

それがカーンには恐ろしかった。ルナのいない生活というものが想像できなかった。

カーンはルナを贄として不死の王へと至る気は失っていた。

代わりにルナに対する執着が芽生えていたことに気付いたのだった。

# 14

「師匠、何で吸血鬼なんかになったんですか？」

カーンは薄れゆく意識の中で、ルナの声を聞いた。現実なのか幻なのかわからなかった。

「魔道を極めるためだ」

口はまだかすかに動いた。

「じゃあ何でわたしのことを噛んだんですか？」

「最初はおまえを贄にして、不死の王となるつもりだった」

「不死の王？　何でそれにならなかったんですか？」

「日の光にさえ気を付ければ、不死の王と吸血鬼の間にそう差異はない」

「え？　じゃあ何でわたしのことを噛んだの？」

ルナは再び同じ質問をした。

「……永遠の孤独を恐れた」

「えっ？」

「おまえが来るまでは、孤独は友のようなものだった。しかし、おまえが傍にいるようになってからは、徐々に孤独は恐怖へと変わっていった。故におまえをわたしの供とするために眷属《けんぞく》にした」

「何でそのことをちゃんと話してくれなかったんですか！」

ルナが叫んだ。

「話したら、おまえは受け入れてくれたか？」

「受け入れるわけないじゃない！　ちゃんと話してくれたら、わたしがそんなことはさせなかったのに！　一緒に人間として最後までちゃんと生きようって言ったのに！」

「……それでは魔道が極められぬではないか」

「いいじゃないですか！　極められないから追い求めるんじゃない！　無限に生きてられたら、馬鹿らしくなって、そのうち魔法になんか飽きちゃうわよ！　限られているから追い求めることに価値があるんじゃない！」

「……ふっ」

口元をわずかに歪めてカーンは笑った。それはルナが初めて見る師匠の笑みだった。

「確かにそうかもしれんな」

カーンの身体は徐々に灰と化していっている。だが、カーンの表情は安らかだった。

「もうひとつ恐れたことがある。おまえがいつかわたしから離れて行ってしまうことだ。近頃のおまえは楽しそうに見えた。それは外との繋がりを持ったからだとわかった。わたしは……おまえのことを手放したくなかった」

ルナは息をのんだ。自分のことに全然関心がないと思っていた師匠が、ちゃんと自分のことを見ていた。

「わたしは師匠に買ってもらったんだから、ずっと一緒にいるに決まっているじゃないですか！　それぐらいの言うことだったら聞いてあげますよ！」

「そうか……わたしは思ったより……良い物を買ったのだな……」

　カーンの身体が完全に崩れ去った。

「ええ、わたしはとても良い物だったの」

　ルナは灰となったカーンの身体をじっと見つめていた。

　自分の魔術の師であり、気の利かない父親のような存在でもあり、吸血鬼に変えた男。

「なんで！」とラトたちを糾弾する言葉をこらえた。彼らが自分の身を案じて行動してくれたのは明らかだった。それに吸血鬼の存在が脅威であることは、死霊魔術を学んでいたルナ自身がよくわかっている。

（それでも……）

　何とかできたかもしれない、というルナの気持ちは行き場を失い、その場から動くことができなかった。


「で、どうされるんですか？」

誰も動かず、しばらく時が流れた後、ルシアナがラトに尋ねた。

ルナの扱いをどうするのか問い質したのだ。

ルナは吸血鬼化しているが、アスラの民であるため、不死の王にまで至っている。

それは『太陽の鏡』の光を浴びても、ルナの身体に何の影響もなかったことが示していた。

「……ルナ、俺のことを恨んでいるか？」

ラトはルシアナの問いには答えず、ルナに話しかけた。

ルナは未だにカーンだった灰の前に立ち尽くしていた。

「恨んでないわ。ラトはわたしのことを助けに来てくれたんでしょ？　恨むことなんてできるはずがないじゃない」

ルナはラトのほうを向いて、儚《はかな》く微笑んだ。

「そうか。なら俺のところへ来ると良い」

「はっ？」

ルシアナが間の抜けた声を出した。

「ラト様、動物を飼うのとは訳が違うんですよ？　ルナちゃんは今や不死の王、強力な魔物なんです。それも吸血鬼に類するものなので、生きていくのに人の血を必要とします。王宮に迎え入れることなどできません」

ルシアナが厳しく事実を指摘した。

「血なら俺のものをくれてやるわ。それなら問題なかろう」

ラトは傲慢に言い放った。

「……本気なのですか？」

ルシアナがラトをじっと見つめた。

「当たり前だ。吸血鬼のひとりも抱えられずして、何が王か」

「……王？」

黙っていたルナが、不思議そうな顔でラトたちを見た。

「ラトって王様なの？　そういえばルシアナって魔法使いだったの？」

ラト、ルシアナ、キリアンの３人は顔を見合わせた。

「……ええ、わたしはラト様に仕える魔導士よ。ラト様はまだ王ではないけど、じきにそうなるわ。今の陛下は病を得ていて、あまり長くないの。それで、この単細胞の王子様は、長男というだけで跡を継ぐことになっているわ」

ひとつため息をついてから、ルシアナが説明した。

「ラトって王子様だったの？」

ルナは驚いていた。

「何か不満でもあるのか？」

ラトは憮然としている。

「別に不満はないけど……でもね、わたし、血なんて欲しくないから大丈夫よ。人買いの家に戻るわ、それで……」

もうこの国には留まれない、とルナは考えていた。ラトたちとどう向き合っていったらいいのかわからない。いっそ、自分が吸血鬼となったことを知る者が誰もいない場所へ行って、そこで静かに暮らしたいと思った。

「駄目よ」

ルシアナがきっぱり言った。

「吸血鬼を放置することなんてできないの。血を吸うことで、いくらでも眷属を増やせるのよ？本来は人と相容《あいい》れる存在ではないのよ。でも、わたしだってルナちゃんとは戦えない。せめて一緒に来てもらうわ。度量の広いラト様が、いくらでも血をあげるって言っているしね」

ルシアナが片目をつぶった。

「いいから来い」

ラトがルナの手を掴んだ。

「おまえは何も心配することはない」

ルナはその手を振り払うことができなかった。

☾

ラトたちはルナを堂々と王宮へ連れて帰った。

ルナはラト専属の新しい侍女として、他の者たちには紹介された。それを奇異に思う者はあまりいなかった。

ラトは変わり者の王子として知られており、彼が奇矯《ききょう》な振る舞いをするのは、今に始まったことではなかったのだ。

「日頃の行いが良かったおかげだな」

ラトは笑って言った。今はラトの部屋でルナとふたりきりだった。

カーンの屋敷の半分くらいの広さの部屋で天井も高く、豪華な調度品が並んでいる。

「悪いせいじゃないの?」

ルナは自分がすんなり王宮に入れたことのほうが不思議だった。

「結果として良かったのだから、俺の行いは良かったということになる。簡単な話だ」

そう言いながら、ラトはテーブルの上に山と置かれた果実にかぶりついた。

薄い黄緑色の果実で、噛むと心地よい音が鳴り、白い果肉が見えた。

「おまえも食えるなら食っておけ」

「なぜ?」

ルナはあまり空腹を感じていない。

「食べ物をたくさん食っておけば血に変わる。おまえが食うことで血を必要としなくなるなら、それに越したことはない。俺はおまえに血を分け与えるために、これからはたくさん食うことにした」

言いながら、ラトは次から次へと果実を食べていった。

「食いたい物があったら言え。何でも用意させる」

そう言われても、ルナには食欲がなかった。

「特にないわ」

「そうか」

ラトは気にした風でもなかった。

隣の部屋では、キリアンとルシアンの姉弟が特殊な鏡を通して、ふたりの様子を固唾《かたず》をのんで見守っている。

ふたりが監視していることはラトも承知しているが、この姉弟はラトの命令に逆らってでも、最悪ルナを殺す覚悟を固めていた。


ルナはベッドの代わりに長椅子を与えられた。ラトは自分のベッドをルナに勧め、代わりに自分が長椅子に寝ることを提案したのだが、さすがにそれはルナが断った。

その長椅子は、ルナがカーンの屋敷で使っていたベッドよりもよほど上等で、寝ることには何の不自由もなかった。

ただ――ルナは渇きを覚えた。

起きているときは何の空腹も感じられなかったのに、一度寝てから夜更けに目を覚まし、それから酷い喉の渇きを覚えた。

残っていた果実にかぶりついたが、それは何の潤いもルナにはもたらさなかった。

ベッドで寝ているラトに目が行く。

その無防備な首元がひどく蠱惑的《こわくてき》に映った。

ルナはゆっくりとラトのベッドへと向かった。

隣室ではその様子を見ていたキリアンが剣を抜き、踏み込む用意を整えている。

ルシアナも杖を握っていた。

「やはり血が欲しくなったか」

そのとき、ラトが起き上がった。ルナは驚いて後ずさった。

「いや、わたしは……」

ルナはぼんやりした状態だったが、自分が何をしようとしていたのかはっきり思い出し、自分自身に恐れを抱いた。

「約束したことだ。首は目立つからやめておけ。腕なら構わん」

ラトは利き手ではない左腕を差し出した。

# 15

ルナは差し出されたラトの腕から一旦視線を外して、目をつぶった。

しかし、狂おしいほどの渇きがルナの意識のほとんどを占有し、それに抗うことなどできそうにない。

「遠慮することはない」

ラトの声は優しかった。

ルナは目を開けると、恐る恐るラトの左腕を手に取った。

そして噛んだ。

一瞬だけラトの腕が硬直し、それから力が抜けていくのをルナは感じた。

ラトは一切声をあげなかった。

ルナは自分の喉に血が流れる感触を覚えると、そこでようやく渇きが癒えて、意識が元に戻った。

慌てて腕から口を離したが、そこにははっきりと歯の跡と血が残っている。

「気にするな、俺は血の気が多い」

ラトがそう言ったものの、ルナは顔を手で覆った。

「何でこんな……」

自分が化け物になったことを、ルナはようやく理解した。

☾

いくらルナが懊悩《おうのう》しようとも、血の渇きが訪れるとそれに逆らう術《すべ》はなかった。

何度も堪えようとしたが、耐え難い飢餓状態となり、血の誘惑に屈した。

結局、ルナは毎日一度だけラトの血を吸った。

キリアンが自分の血もルナに提供することを申し出たが、

「ルナに他の人間の血など吸わせたくない」

とラトが拒否した。

ラトの左腕はルナの歯形だらけになったが、ラトは包帯を巻くことで、それを隠した。

他の臣下の者たちに包帯について問われると、

「これは俺の左腕に宿った荒ぶる力を封印するための……」

などとラトは言い始め、それでほとんどの者たちは「ああいつものですね」と納得した。

このことを知ったルナはルシアナに尋ねた。

「ラトって、みんなにどう思われているの?」

「ラト様は昔からそういう神話とか伝説が好きでね。子どものころから、伝説の英雄になったつもりで遊んでいたのよ。……まあ、その子どもの期間が結構長かったんだけどね。今も続いているかもしれないし。

ただ、その影響で剣術には励んだし、学問にも熱心だったから、周囲の人間はあまり気にも留めなかったわ。わたしとキリアンは側仕えなので、ずっと付き合わされていたけどね。

その延長線上で第8騎士団なんていう、存在しない騎士団を作って、勝手にわたしたちを騎士団員にして、勝手に街の治安を守り始めたのよ」

ルシアナは苦笑いしていた。ラーマ国には第7騎士団までしかない。

「何それ？　ラトって本当に子どもっぽいのね」

ルナが笑った。王宮に来てからまったく笑うことがなかったので、久しぶりの笑顔だった。

「でもね、ラト様は決して遊びでやっていたわけじゃないの。いつも本気だったのよ。

街の治安だって、ちゃんと情報を集めて、困っている人たちを何度も助けてきたわ。不正を働いていた役人たちに証拠を突きつけて処分したし、危険な魔物だって退治した。

なんだかんだ言うけど、ラト様は凄い人なのよ。それは陛下を始め、みんなわかっている。だから、とても信頼されているの」

「そうなんだ」

ルナは自分の知らないラトの一面を知って、不思議な気持ちになった。

「……カーンの件もその一環だったの」

「えっ？」

「カーンの屋敷の噂は、街では結構有名だったのよ。幽霊屋敷としてね。法的には所有者もはっきりしていたし、特に問題はなかったんだけど、不自然なくらい長い間、誰も近寄れなかったの。立地条件と相まって結界が強力過ぎたのね。

それに興味を示した街の若者がいてね、不幸なことに彼はちょっと魔力に対する抵抗があったのよ。で、彼はこっそりカーン邸の庭に忍び込んだの」

「あの結界を抜けたの⁉」

ルナは驚いた。カーンの屋敷の周囲は決して人を寄せ付けない結界が張られており、普通の人間が近づくのは難しかった。

「色んな偶然が重なったのね。その若者も屋敷の中にまで入るつもりはなかったみたいなんだけど……」

それを聞いて、ルナは自分が庭に埋めたものについて思い出した。

「地面から這い出てきたグールに、いきなり足を掴まれてね。その若者は心臓が止まる思いで逃げたらしいわ。グールが半分地面に埋まっていたから、何とか振り切れたみたいね。

で、逃げた若者が『あの屋敷にアンデッドが棲みついている！』って街で喧伝したのよ。

元々、幽霊屋敷として有名だったから、よくある噂話といえばそれまでだったんだけど、アンデッドの話が本当だったら、王国としても放置できなかった。

だから、ラト様が調査に乗り出したの。

誤解しないで欲しいんだけど、本当は死霊魔術師の疑いがあるだけで異端扱いされて、カーンはもっと早い段階で処分されていたわ。ラト様が早めに主導権を握ったことで、慎重に情報を集めるところから始まったのよ。それがルナちゃんにとって、良かったどうかはわからないけどね」

「あのグールはわたしが埋めたものなのよ……わたしのせいで師匠は……」

ルナが顔を強張《こわば》らせた。

「あのね、ルナちゃん。死霊魔術に手を出した時点で、悪いのはカーンなのよ。それも永遠の命が欲しいっていう自分勝手な理由でね。だから、その話はこれでおしまいなの。あなたが気に病むことは何ひとつないわ。グールなんて臭いし、埋めたい気持ちもわかるしね」

ルシアナはルナの頭を優しく撫でた。

けれど、師匠の死の遠因を作ったのが自分であるということが、ルナにはショックだった。

しばらくして、ラーマ国の王が崩御した。

予想されていた事だったので、大きな混乱はなかったが、跡を継ぐラトは多忙を極めた。

ラトの正式な名はラムナート。ラトはごく親しい者が呼ぶ愛称だった。

今後はラーマ国のラムナート王となって、国の命運を握る立場となる。

ラムナートは元々臣下からも民衆からも人気があったため、特に問題はなかったが、ひとつだけ懸念されていたことがあった。

それは未婚であったことだった。

「王妃は決めてある」

即位に際し、臣下から婚姻に関して聞かれたラムナートは、はっきり答えた。

それが誰であるのかは明言せず、臣下の間では様々な憶測が生まれた。


「ルナ。王妃になってくれ」

即位して間もなく、ラトはルナに告げた。

「は?」

ルナは絶句した。

いくらラトでも、不死の王となった自分を妻とするのは無理がある。

しかも王妃。この国の女性の頂点に、だ。

たとえ不死の王となっていなくても、身分が違い過ぎて受け入れられない話である。

無理というより、誰も納得しないだろう。下手をすれば国を揺るがす事態となる。

「……何で?」

「決まっておろう、好きだからだ」

ラトは笑っていたが、冗談を言っている様子ではない。

「無理よ」

「嫌ではないのだな？」

ラトはルナの言葉尻を捉えた。

「無理なことくらい、ラトだってわかっているでしょう？」

ルナは語気強く言った。

「俺は王だぞ？　無理なことなどない。無理を通してこその王よ」

「そんな王様、みんなの迷惑になるだけよ！」

「何故、迷惑になる？　俺はルナが王妃にふさわしいと思った。おまえは誰かの迷惑になる人間か？」

ラトはルナを見つめた。

「そんなつもりはないけど……」

この話はそこで終わった。ラトもルナを追い詰めるような形にはしたくなかった。

だが、その後、ルナはルシアナに相談を持ち掛けた。

「お願いがあるの」


それから何日か経ったある夜、ルナはラトの血を吸っていた。

いつもはすぐに終わるのだが、この日は長かった。

豪胆なラトも血を吸われ過ぎて、少し眩暈《めまい》を覚えた。

「……ルナ、少し長くはないか?」

ラトの意識が朦朧《もうろう》としていた。しかし、ルナはそれでも血を吸い続けた。

そして、ついにラトが力なくベッドに横たわった。

「ごめんね、ラト。これで最後だから」

ルナは倒れたラトにそう告げると、部屋の窓から夜の街へと飛び出していった。

不死の王となったルナの身体能力は人間をはるかに上回り、月と重なるような高い跳躍を見せた。

隣室に控えていたルシアナとキリアンは、それを黙って見送った。

ルシアナたちは、さすがにルナを王妃に迎えることには反対だったのだ。

不死の王であることを黙っていても、万が一、事実が発覚した時は王国の致命傷ともなりかねない。

そもそも身分の知れない娘を王妃にすれば、ありとあらゆる詮索をされることが目に見えている。

それ故に、ルナの脱走を見逃したのだった。

# 16
(SIDE5)


俺は王家の長子として生まれた。

生まれながらに王となることが約束されていたわけだ。

けれど、我が国はそれほど大きな国ではなかったし、王子だからといって贅沢が許されるような環境でもなかった。

「であれば、俺がこの国を大きくしよう！」

ただの王になるのではない、神話や伝説に登場するような英雄になるのだと、俺は決心した。

歴史に名を刻み、後世にまで語り継がれる存在となる。それが俺の夢だった。

「神話や伝説は作り話だから、そんなものにはなれませんよ？」

側仕えのルシアナは現実的なヤツで、いつも俺をそんな風にからかった。

夢がないヤツだと思った。俺が王になることは決まっているのだから、それを超えて行かねば何のための人生かわからぬ。

ただ、多くの人間はルシアナと同じような態度で、誰も俺の言う事など本気にしなかった。

「きっとラト様ならなれますよ！」

もうひとりの側仕えであるキリアンは俺を褒め称えた。

こいつは理解者というよりは盲目的に俺を崇拝しており、それはそれでその言葉は俺の胸を虚しく通り過ぎていった。

無論、言葉だけなら誰でも言える。俺は剣術や学問に励んだ。すべてにおいて頂点を極めねば、伝説になどなりようがなかった。

成長して、剣の腕でも学問でも王国一となった俺は『第8騎士団』を立ち上げた。

まあ、王子という身分があるだけで俺には何の権限もなかったから、勝手に活動を始めただけなのだが。

ルシアナとキリアンを団員にした俺は、王国内の不正や民衆の困りごとを次々と解決した。ときには魔物退治も行った。

俺とてまわりが見えないわけではない。初めは小さなことから始めて実績を積み重ねて、周囲に俺のことを認めさせたのだ。

だが、そこにあったのは現実だった。多くの人間が俺のことを称賛するようになったが、根本的には何も解決していないことがわかった。それはこの国だけの問題ではなく、世界の問題だったからだ。ひとつひとつの事柄を解決しても、世界は変わらない。俺は無力だった。

世の中は綺麗ごとだけでできているわけではない。俺は王の後継者として、それを認識してしまったのだ。

そんなときに出会ったのがルナだった。ある事件の関係者として接点を持った同じ年頃の娘だったが、数奇な人生を歩んで、魔法使いを目指していた。

街の店で一緒に茶を飲んでいるとき、ルナは俺に言った。

「世界がひとつになればいいのにね」

そんなことは不可能だった。どうやって世界を統一するというのか？　軍事的にも政治的にも難しい話だ。そもそも軍事的に無理矢理統合したところで、どれだけ民衆に犠牲を強いることになるかわかったものではない。戦争など最悪の手段だ。

「犠牲？　犠牲は毎日出ているわよ。例えば、人身売買を認められる国がひとつでもあれば、毎日のようにさらわれる子供はいるわよ？　その国に行けば商売になるからね。そして売られた子は理不尽な目にあうわ。わたしだってそうなっていたかもしれない。それは犠牲じゃないの？

別にね、人身売買だけの話じゃないのよ。国がたくさんあって、みんながバラバラのことをしていたら、世界は悪くなっていく一方よ？　ズルいことをやっている国だけが得をするのだもの。そうなると、みんな得がしたいのだから、正しいことなんかしなくなるわ。ラトの言う理想なんて誰も目指さなくなるの。

綺麗なことをしたければ、みんなが一斉にやらなければならないわ。そうでないと意味が無いからね。だからね、わたしは世界がひとつになって欲しいの。犠牲はたくさん出るかもしれない。でもね、毎日出ている犠牲は減るのよ。今も積み重なっている犠牲がね。それにね、世界がひとつになったら、お茶やお菓子も安くなるでしょう？　みんな幸せになれるわ」

ルナはそう言って笑った。

これを聞いたときに、俺は為すべきことが見えた気がした。

俺は英雄を目指していたのに、いつのまにか視野が狭くなっていたのだ。

小さいことから正していくのではない。大きなところから正さなければならない。

ラーマ国だけでなく世界を正す。それこそが英雄の為すべきことなのだと。

「おまえの言う通りだな、ルナ！　俺は間違っていた！　俺はもっと大きな野望を持たなければならなかったのだ！」

俺はルナの手を握って、熱を込めて語った。

しかし、ルナの目は冷ややかだった。

「何を言っているの、ラト？　そんなこと言う前にちゃんとしなさいよ」

「ちゃんと？　いや、俺は偉いから……」

どうもルナの目からは、俺はちゃんとしていないように見えたらしい。

「偉いって何で偉いの？　ラトって働いている？　ちゃんと自分でお金を稼いでいるの？　ラトが偉いって誰が決めたの？」

当然、金など稼いだことはない。そんなことは考えたこともなかった。俺が偉いのは生まれたときから決まっていたことだったから、そうとしか言いようがない。

でもルナは違った。物心ついたときには人買いの商品だった。

けれど、それでも下を向かずに生きている。決して後ろ向きなことは言わない。

大きな屋敷を綺麗に整え、家事をし、薬草を取り、薬を作り、買い物に出て、魔法を学んで、それらをすべて完璧にこなしていた。息をつく暇もないはずだ。俺の知る限り一番の働き者だ。

俺とルナを比べて、どちらが偉いかといえば、ルナのほうが偉いだろう。

「なるほど、確かに俺は偉くないな」

俺は笑った。自分が偉くないなどと思ったのは、生まれて初めてだった。

「だが見ておれ。俺は世界で一番偉くなるぞ」

世界を統一し、平和にする。それはきっと英雄にしかできない、俺にしかできないことだ。

ルナは俺を疑わしそうな目で見ている。

「ラトって本当に口だけは世界一よね」

「当たり前だ。まずは言わなければ始まらぬ。みなに宣言すれば、やらざるを得なくなる。黙っていては誰も理解せぬ。人に言わぬのは失敗が怖いからだ。黙ってやろうとするのは恥を恐れているからだ。俺は失敗も恥も恐れぬ。だから、俺は口から始めるのだ」

「本当にあなたって口だけよね」

そう言いながらも、ルナは笑っていた。

「信じぬのか?」

「いいえ、信じるわ。信じないって言葉は何も生まないもの。ラトは何かをやろうとしている。それができることなのか、できないことなのかはわたしは知らない。でもね、わたしが信じることで、ラトの力になれるのなら、わたしは信じるわ。だって、魔法ってそういうものでしょう？　信じるから魔法は実現するのよ。奇跡を生むの。

今のわたしは魔法使いの弟子だけど、いつか大魔導士になるわ。だから、わたしが信じればラトのやりたいことはきっと実現するはずよ」

俺はいつも大きなことばかり言っていた。自分の言葉には力があると思っていたからだ。けれど、人の言葉に力を感じたことなどなかった。俺のまわりの連中はいつも「何ができるか」でしか話をしないからだ。「何をしたいか」で話をしないし、できないと思うことには否定的だった。そんな言葉に何の力も感じるわけがなかった。

しかし、ルナの言葉には力がある。俺はそれを感じていた。

身分の上下ではない。こいつは本当に偉いのだ。

だからずっと一緒にいて欲しいと思った。隣にいて欲しいと思った。

吸血鬼だろうが、不死の王だろうが、そんなことはどうでもいいことだった。

血ならいくらでもくれてやる。その代わり、他のヤツの血など一滴も飲ませる気はない。

ルナの中には俺の血だけが流れていればいい。

「ごめんね、ラト。これで最後だから」

微《かす》かにルナの声が聞こえた。

# 17

ルナは疾走した。その速度は馬とは比べ物にならないほど速く、飛べば家屋など軽々と越えることができる。不死の王となってから本気で力を出したことはなかったが、その身体能力の高さにルナは自分でも驚いていた。

向かった先は、カーンの屋敷であった。

未だ結界は健在であり、人を寄せつけていない。

カーンの部屋にあった研究資料は、禁忌のものとして既に回収されていた。しかし、それはルナに必要なものではないし、研究の内容に関してはルシアナから確認してある。

代わりに、カーンの部屋には魔術的な素材や触媒が置いてあった。これはカーンのものではなく、ルナがルシアナに事前に頼んで用意してもらった物だった。

ルナはそれらを持って、本棚の残骸の背後に見える階段を下りた。カーンが生きていたとき、ルナはこの階段の存在を儀式の直前まで知らなかった。

下りた先の地下室は、ラトたちが戦ったときのままの状態だった。カーンの灰も未だに残っている。

死霊魔術の根本は、死者と通じて未来や過去を視ることにある。すなわち死者との対話だった。

ルナはその魔術を修得しており、不死の王となった今では、どんな霊魂でも呼び寄せる魔力を備えていた。

当然、今回呼び寄せる霊魂はカーンのもの。

ルナはそのカーンの灰の周囲に、持ってきた物を配置していった。

そして、儀式の準備を整えると、厳《おごそ》かに呪文を唱え始めた。

カーンは不死の王となるために、事前に様々な知識を得ていたはずである。

ルナはその知識の中に、自分を救う術があるのではないかと期待していた。

古い言葉で紡がれた長い呪文の詠唱を終えると、儀式は完成をみた。

膨大な魔力が魔術をサポートしたので、ルナが想像していたよりも遥かに容易だった。

カーンだったものの灰から煙が立ち込め、それがぼんやりと人型を形成する。

『……ルナか』

人型がひび割れた声でルナに語り掛けてきた。

「師匠」

ルナは何とも言えない気持ちで、その人型の煙を見ていた。

しかし、いくらルナに魔力があったとしても、霊魂がずっと留まっていられるわけではない。

魔法で無理矢理集めた霊魂の残滓《ざんし》など、いつ消えてもおかしくない。

「師匠、不死の王が血を飲まずに済む方法はありますか？」

『……血に飢えるのは……日に1時間程度……それを堪え切れれば……次の日まで飢えは……こない』

「堪える方法はありますか?」

『……誰もいないところへ……行け……それで……済む』

ルナは眩暈を覚えた。カーンの霊は簡単に述べたが、あの飢えのつらさがどれほどのものか、わかっていないのだろう。

「血の渇き自体を克服する方法はありますか?」

『……わからぬ』

カーンの言葉に、ルナは肩を落とした。恐らくはないだろうと思っていたが、それでも明確に否定されると落胆を免れなかった。

『……ローガンなら……知っている……可能性が……』

ローガンという名には聞き覚えがあった。カーンが自分の師として、何度かその名をあげた人物であった。

「ローガンはどこにいますか?」

『……アスラの都であった……バヌクートの遺跡に……居を……構えている……余人を……寄せ付けない……結界が……張られている……』

アスラの民が築き上げたバヌクートの都に関する知識はあった。

魔法の歴史を語る上では、避けては通れないものだからだ。

ラーマ国からはかなり距離があったが、それでもルナは向かうしかなかった。

煙によって形成されていた人型が崩れようとしている。残っていた霊魂の残滓が尽きようとしていたのだ。

「師匠……」

『……ルナ……すまなかった……』

煙が消え去った。ルナは自分の頬を伝うものを感じていた。

☾

ルナが階段を上り、カーンの部屋に出ると、そこにはルシアナの姿があった。

「ラトは大丈夫だった?」

ルナが尋ねた。

「問題ないわ。貧血でしばらく動けないでしょうけど、命に関わるようなことはないでしょうから」

ルシアナは薄く笑って答えた。ラトの無事を確認した後、ルシアナはここへ向かったのだ。ラトのことはキリアンに任せてある。

「わたしはバヌクートに行くわ。そこに師匠の師匠だったローガンという人がいて、その人ならわかるかもしれないって」

「ローガン……伝説の大魔導士だけど、カーンが師事していたのね。確かにその人なら知っているかもしれない。でも、バヌクートはかなり遠いわ。その間、血の渇きはどうするの?」

「師匠が誰もいないところへ行けって。1時間もすれば収まるって言っていたわ」

ルナは何でもないことのように明るく答えた。しかし、血の渇きの衝動がどれほどのものなのかは、ルナの様子を監視していたルシアナは知っている。

「わたしの血を飲んでいく? それで少しでも楽になるなら……」

「いいわ。『他のヤツの血を吸うな、妬《や》けるから』ってラトと約束しているから」

ルナは笑った。

惚気《のろけ》られた、とルシアナは思った。それが悲しくもあった。

「荷物はあそこに用意してあるわ」

ルシアナが差し示した先には荷物が置かれていた。中身は水や食料などだが、結構な大荷物である。

ルナはルシアナに「二度とラーマ国には戻らない」と約束していた。これはそのためのささやかな準備だった。

「ありがとう、ルシアナ」

「……ごめんね、ルナちゃん」

ルシアナはそっとルナを抱きしめた。ルシアナにしてもルナは大事な友人であった。しかし、ルシアナにとっては、ラトこそが至上の存在であり、ラトの王道のためなら自分のすべてを犠牲にするつもりでいる。

ルナにもそれはわかっていた。ルシアナのことをそっと抱き返すと、今生の別れを済ませた。

「じゃあ行くね」

用意された大荷物をルナは軽々と持った。不死の王となったルナの力は、人の及ぶところではない。

そして、ルナはカーンの部屋を出ていった。

ルシアナはその姿を寂しげに見送るだけだった。

カーンの屋敷を出たルナはすぐにバヌクートへと向かった。背負った荷物はまったく苦にならず、駆ける速度には影響を及ぼしていない。

ただ、それでもルナには焦りがあった。

バヌクートは馬車で何か月も旅をして行き着くような場所にある。ルナがどれほど速くても一日で着く距離ではない。

つまり、何回かは血の渇きをやり過ごさなくてはならないのだ。

(ラトの血をいっぱい飲んできたから、きっと大丈夫！)

ルナは自分に言い聞かせた。

できるだけ人目を避け、バヌクートのある西を目指す。

しかし、それでも不安はあったので、血の渇きが訪れると思われる夜は、可能な限り人家から離れたところで睡眠を取ることに決めた。

街や村の明かりが見えると、衝動に耐えられなくなったときに、そこに一直線に向かう恐れがあったからだ。自然と寝る場所は山や森の中に限られた。

そこは気が狂いそうになるくらい、暗くて孤独な場所である。暗闇にじっとひとりで身を潜めていると、人恋しさに「王宮にいれば良かった」と後悔もした。

ただ、一日目と二日目の夜は、恐れていた血の渇きは来なかった。

ルナが考えていたとおり、最後に吸った血の摂取量が多かったためだろう。

朝になると弱気になっていた夜のことは忘れて、ルナはバヌクートを目指して走り出した。


しかし、三日目の夜、それはやってきた。

森の中で血の渇きを覚えた。堪えようのない飢餓感。全身が干からびて水を欲しているかのように、血を求めた。

持ってきた水を飲んでも、食料を食べても、まったく収まらない。

当然、周囲に人気などなく、試しに自分の腕を噛んだが、何の癒しにもならない。

八つ当たりのように木を殴った。幹にひびが入り、天を突くような大きな木がゆっくりと倒れる。殴ったルナの拳には一切の傷はない。

何かを感じ取ったのか、森の動物たちが自分の周囲から一斉に逃げていく気配が感じられた。

（先に進もう）

ルナはそう考えた。バヌクートへ行くためではない。人を捜すためだ。

森の中を疾走した。昼間よりも速い。日の光を苦にしない不死の王だが、吸血鬼の上位種であるため、その力は夜のほうが強く出た。

森を抜け、街道を探し、見つけた道をひた走った。そしてようやく彼方《かなた》にかすかな街の光を見つけると、ルナは歯を剥《む》いた。犬歯が人のそれよりも発達し、牙となっていた。

知らず凶悪な笑みを浮かべている。

そして——あと少しで街に着くというところで、衝動は収まった。

1時間が過ぎたのだ。ルナは膝から崩れ落ちて涙を流した。

# 18

夜が明けると、ルナが佇《たたず》んでいる街道のはるか先に人の影が見えた。それは彼女にとって恐怖でしかない。血の渇きは既にないが、それでも人が近くにいたら、何かの拍子に襲いかかってしまうかもしれないからだ。

ルナは逃げるように街道から離れると、再び西へと走り出した。

走りながら、ルナはあるものを探していた。

吸血鬼が人間の血を欲するのは、人間の血に凝縮されている魔力を摂取するためである。

神話において、神に似せて作られたと言われている人間のその血は、他のどんな動物よりも魔力が内包されているらしく、直接的な魔力の供給源としては質量ともに最良の物とされているのだ。

実際、魔術的な儀式で人の血が求められることは多く、その効果は他の動物の比ではない。

強力な魔術の儀式になると、人そのものを生贄に要求されることとすらあるくらいだ。もちろん、そんな儀式は禁忌とされているのだが、実は死霊魔術に多かったりもする。

しかし、人間の他にも魔力を持っている生き物はいるのだ。むしろ、人間よりも魔力を持っているのではないかとルナが考えている生き物が。

それは魔物だった。

『魔』という文字を冠するだけあって、魔物は魔力を帯びた生き物だ。動物との違いは、その一点に尽きると言っても過言ではない。人間ですら魔力を扱う者を『魔法使い』と呼称し、一般の人間と区別している。それぐらい魔力を扱えるというのは特別なことなのである。

であれば、魔物の血なら人間の血の代わりになるのではないかと、ルナは推測していた。

基本的に魔物は人間の敵である。その血を吸う分には良心の呵責もない。

そういうわけで、ルナは魔物を探しながら西へと向かったのだった。


(どこにもいない)

明らかに魔物が生息していそうな森や山があるルートを、ルナはわざわざ選んで通っているのだが、魔物の影はまったく見当たらなかった。

(おかしい。霊脈がある場所なのに魔物がいないだなんて)

霊脈とは自然の持つ魔力が集まる場所であり、大きな山や河川の近くに発生しやすい。そういった場所には魔力に惹かれて、魔物が集まりやすい傾向にある。

王都の近くで薬草を取っていた森も小規模な霊脈となっていたため、魔物が生息する場所となっていたのだ。

ところが霊脈がありそうな森や川を通ってみても、一向に魔物の気配が感じられない。

不思議に思いながらも、西へ向かっていたルナだったが、ようやく魔物を発見することができた。

それは巨大な亀の魔物だった。

恐らくカーンの屋敷くらいの大きさはあるだろうか。岩で固めたような甲羅を揺らしながら、茶色い亀が大地を震わせて一生懸命移動している。ルナがいる場所とは正反対の方向へと。

よく見てみれば、亀の向かっている先には他にも魔物たちがいて、一様に同じ方向へと向かっていた。さながら魔物の大移動である。

(これは偶然かしら?)

なにやら嫌な予感をルナは覚えた。

今のルナの移動速度は、当然そこらの魔物よりも速い。そこで移動している魔物たちの進路に先回りして、待ち構えてみることにした。

木の間を飛ぶように跳躍し、瞬く間に魔物たちを追い抜いて回り込んだ。

すると、一斉に魔物たちは方向転換し、さっきとは逆の方向へ移動し始めた。しかも、先ほどまでよりも必死になって動いている。

(……なるほど。不死の王であるわたしの魔力を察して、魔物たちはどこかへ逃げ去っていたわけね。どうりでまったく見つからないと思ったわ)

魔物すら逃げ出すようになった自分の存在に、ルナは暗澹《あんたん》たる気持ちになった。

（まあいいわ。とにかく魔物が見つかったわけだし、あの大きな亀なら逃がしようがないもの）

ルナは地を蹴って疾走すると、あっさりと亀の魔物に近づくことができた。亀はルナのほうを見もしないで、全力で歩き続けている。その姿にはいっそ憐れみすら感じられる。

（ごめんね、恨みはないんだけど……）

ルナが跳躍して、甲羅の上に飛び乗ると、亀は狂ったように暴れ出した。

背中の上に凶悪な生物が乗っかっているのだから、その行動には無理もなかった。

暴れ狂う亀の甲羅の上で、ルナは淡々と呪文を唱え始めた。

それは、あまり得意ではなかった風の魔法。真空の刃を飛ばして物を切断する呪文である。

不死の王になる前のルナなら、木の枝を斬り落とすのがせいぜいだった。

しかし、今のルナには桁違いの魔力が備わっている。

完成した風の呪文は大きな三日月形の刃をはっきりと形どって、亀の首に向かって放たれた。

風の刃はルナの想像以上の威力を発揮して首を切断し、首があった胴体部からは噴水のように赤黒い血が噴き出した。

嫌な気分を感じながらも、ルナは噴き出る血を手ですくって、舌で少し舐めてみた。

（生臭い、不味《まず》い、吐きそう）

血の渇きを癒すどころか、気分が悪くなるのを感じた。

（この亀の魔物の血だから駄目なのかしら？）

ルナは即座に他の魔物たちのことも追った。

自分は一体何をやっているのだろう、という気持ちで心はいっぱいになっている。

だけど、今更後には引けなかった。

正直なところ、ルナにはもう血の渇きに抗える自信がなかったのだ。

街を襲おうとした自分の行動が、どうしようもなくトラウマになっていた。

この魔物たちに何の罪もないことはわかっている。

けれど、人間を襲うよりかは、ずっと良い。

ルナは魔物を襲い、血を舐め、自分に合わないことを確認すると、次の魔物を襲った。

相手は鳥のような魔物であったり、イノシシのような魔物であったり、トカゲのような魔物であったりした。手あたり次第に殺したといっていい。

けれど、どんな魔物の血もルナは受け付けなかった。

無理矢理飲み込んでみても、吐いて戻してしまう始末だった。

あたり一面には魔物たちの死骸が散らばっている。

ルナの脳裏には吸血鬼という言葉がよぎった。

飲めもしない血のために殺戮《さつりく》の限りを尽くした鬼。

それは間違いなく自分のことを指している。

今の自分の近くには、もはや生きとし生けるものの気配が感じられない。

いっそ死んでしまいたいと思ったが、魔物たちの反撃を一切受け付けなかった自分の身体を、一体どうやって傷つけたらいいのかすら思いつかなかった。

今の自分の姿を人が見たら、間違いなく「魔物だ」と言われて恐れられるだろう。

今までに出会った様々な人間たちの顔が頭に浮かんだ。

だが、その中のどんな悪い人間であっても、恐らく自分よりはマシな存在なのではないかと思えた。

築き上げた屍《しかばね》の山の中で、ルナは慟哭《どうこく》したのだった。

# 19

ルナは人を襲うかもしれないという恐怖から、道なき道を進んでいった。

どんなに険しい場所でも、木の枝などを跳躍して移動することも容易になっていたので、それほど苦ではない。

ただ、何日か血の渇きをやり過ごした後、身体の不調を感じるようになった。

それは血を摂取していないせいだと推測できた。水や食べ物は取っていたが虚脱感が抜けない。また、強烈なものではないが、常時、血を求めるような欲求を自覚するようになった。

(長くはもたないかもしれない)

ルナは身体か精神のどちらかがおかしくなるのではないかと感じている。

そして、森の中で、山の中で、人の灯がない世界でルナは懊悩した。

(いっそ、血を飲んでしまった方がいいのかも)

頭の中にそんな考えがよぎった。そうすれば簡単に楽になれる。血を飲んだからといって何だというのだろうか?　別に眷属を増やそうというわけでもない。

少し血を分けてもらうだけ。ラトだって平気だった。何も問題がない。

ただ、ラトのように優しく腕を差し出す人などいないだろう。

血のために襲った人は、きっと恐怖でひきつった顔を浮かべるに違いない。

それに……もし人を襲ったら、歯止めが利かなくなる気がした。もう人には戻れない気がした。

（でも、わたしは売られた商品だ。初めから人じゃない）

今更、吸血鬼になったところで、どうということはないはずだ。

そもそも、なりたくてなったわけじゃない。自分が悪いわけじゃない。悪いのは自分を吸血鬼にした師匠だ。

血の渇きに襲われ、次第に人の心を失っていく自分がいる。

もう、楽になりたい。大体、ローガンに会ったところで何も知らないかもしれない。こんな苦しい思いをしてバヌクートに着いても無駄になるかもしれない。

何で自分だけこんなに苦しまなければならないのか？

他にも仲間がいればいいのに。眷属をたくさん作って、吸血鬼の王国を築いてしまえば、ひとりで思い悩むこともなくなるはずだ。

そうしよう。街か村を襲って仲間を増やす。今の自分の力があるなら人間なんかに負けるはずがない。いっそ人間をひとり残さず吸血鬼に変えてしまえばいい。

こんな山奥で、ひとり膝を抱えてうずくまっているなんて馬鹿らしい。自分ひとりがこんな目に遭うのはおかしい。わたしには親もいなかった。吸血鬼になったところで誰が悲しむわけでもない。誰に怒られるわけでもない。

ルナは歩き出した。走ることなく、血の渇きに苦しみながら、ゆっくりと西に向かって歩いた。

何故か思い出したのは、モリーのことだった。ルナたちを厳しく教育した怖い人間だった。でも、ルナが売られていく前日、モリーは言った。

「頑張りなさい。あなたは売られていく子供かもしれないけど、わたしがきちんと育てたんだから、あなたは可哀そうな子供なんかじゃない。頑張って人間として生きなさい」

ルナの両手をつかんで語り掛けるその目は、いつになく優しかった。

「でもね、どうしても辛かったら、いつでも帰ってきなさい」

それを聞いてルナは不思議に思った。「わたしは高く売れたのだから喜ぶべきだ」と。「こんなところに戻るはずがない」と。

でも、今はそのモリーの言葉が何度も頭の中をよぎった。

自分が吸血鬼になったら、きっとモリーは悲しむだろう。そして怒って、拳骨で頭を殴るに違いない。

あの拳骨は痛かった、とルナは思い出し、かすかに口をほころばせた。

モリーは厳しいけれど愛してくれた。カーンも不器用だけれどわたしを必要としていた。ラトはわたしのことを好きと言ってくれた。

人をやめるには、ルナのまわりの人たちは優しかったし、今までの自分の頑張りが無駄になってしまうような気がした。

（それは少しもったいないかな）

繰り返される血の渇きにはまったく慣れることがなく、のたうち回るような飢えと人を襲いたくなる欲求はどうしようもない。

けれど、ルナは最後の部分で踏みとどまり続けた。

☾

こうして、身も心も疲弊しきったルナだったが、ようやくバヌクートにたどり着いた。

それは見たこともないような規模の巨大な廃墟であった。今まで見たどんな都市よりも広く、朽ち果てた建築物は自分の知るどんな建物よりも大きい。

バヌクートの周囲には広範囲にわたって草木が生えておらず、無機質であまりに険しい場所にあった。アスラの民を滅ぼした奴隷たちが、この都市を放棄した理由がわかる。

ローガンを捜すにあたって、カーンは人除けの結界があるといっていたが、それがどんな類《たぐい》の物かはルナにはわからない。

一言で結界といっても、その種類は豊富だ。例えば、カーンの屋敷は恐怖や忌避感を感じさせることによって人を拒んでいた。他にも、そこにあるにもかかわらず、存在感を消すことで人の目線を逸らすという結界、方向感覚を狂わせて、その場所にたどり着かせないという結界もある。

加えて、相手は大魔導士だ。とても簡単に見つかるとは思えない。

(面倒くさい)

疲弊し切ったルナは考えるのが嫌になった。

そこで、アンデッドを召喚して代わりに探させることを考えた。

人気がないとはいえ、元は都市だったのだから骨ぐらいは埋まっているだろう。不死の王となった今では、死霊魔術との相性は格段に良くなり、何十体でもグールやスケルトンを使役することができると思っていた。

(それでいこう)

ルナは手を掲げると、地に眠る亡者たちに呼びかけるように呪文の詠唱を始めた。

が、

「待て待て!　ここで死霊魔術を使うでないわ!」

突然声がかかった。

見れば、少し先の岩に、さっきまでいなかったはずの小柄な老人が腰かけていた。右手に杖を担いでいる。

白髪の中にわずかに交ざる金髪、しなびた白い肌、そして目は赤かった。

「え?　アスラの民の亡霊?」

ルナは驚いた。自分以外のアスラの民は初めてだったので、死霊の類かと思ったのだ。

「違うわ、馬鹿者!　人を亡霊扱いするな!　わしは大魔導士だぞ?」

老人は目を吊り上げて怒り、ルナのところへひょこひょこと歩いてきた。

「え？　大魔導士？　ローガンさん？」

ルナの想像上のローガンとはまったく異なっていた。

カーンの師なので、面白みがなく、魔法のこと以外は何も考えていないような人間だと思っていた。

目の前の老人は、自分のことを大魔導士と呼称する、少し調子の良い人物に見える。

「そう、そのローガンだ。おまえ、今死霊魔術を使おうとしただろう！　やめろ、悪戯《いたずら》に死者を起こすものではない。見たところ、おまえもアスラの民だろう？　先祖に対する敬いというものはないのか？」

「特にないですけど……」

「あー嫌だ嫌だ。最近の若い者は。親に何を教えてもらったんだ？」

ローガンは杖をルナに突きつけた。

「え？　親はいません。物心ついたときは人買いのところにいました」

「……そっか、それなら仕方ないな」

ローガンは杖を引っ込めると、気まずさを誤魔化すようにくるりと背を向けた。

「おっほん、それでおまえは何しにきた？」

背を向けたままローガンは聞いた。

「不死の王になってしまって、それで血の渇きを克服する方法はないかと思って、ローガンさんを訪ねてきました」

「不死の王？　マジで？　ちょっと歯を剥いてみ？」

またくるりとルナのほうを向いたローガンは、興味深そうに距離を詰めてきた。

（他に確認する方法はないのかなぁ？）

ルナは訝しんだが、言われた通りに歯を剥いた。

「うわっ、牙がある！　こわっ！　そばによらんといて！」

ローガンは跳ねるように後ずさり、ルナとの距離を取った。

ルナは呆然とした。カーンとは違った意味で変わった人物だった。

「あの、すいません、それで克服する方法はありませんか？」

ルナは離れていったローガンに呼びかけた。

「何で？　飲めばいいじゃん、血を。駄目なの？　あ、わしの血は駄目だぞ。えーっと、そう、わしの血は毒だから飲めば死ぬからな」

ローガンの口調は本気なのかそうでないのか、よくわからなかった。

「いえ、人として駄目だと思いますけど……」

「だって、おまえさんは不死の王だろ？　もう人間じゃないじゃん？」

何て酷いことを真正面から言う人なんだろう、とルナは呆れた。

「とにかく、飲みたくないんです。何とかなりませんか？」

「飲みたくない？　ということは、今までまったく飲んでないのか？」

「ひとりだけ噛みました。その人からしばらくは血をもらっていたんですけど、それ以降はまったく」

「ほう、どれくらい飲んでない？」

「10日以上は……」

「それなら、そろそろ身体にガタがきている頃だな？　これをやろう」

ローガンは懐から小瓶を取り出すと放り投げた。それはちょうどルナの手元に来たので、簡単に受け取ることができた。瓶の中には緑色の液体が入っている。

「何です？　これは？」

「魔力を回復させる薬だ。血を飲んでいないなら、魔力切れを起こしているだろ？　飲め。それが毒でも不死の王なら死にゃせんだろ？」

一言多いなぁ、と思ったが、ルナは瓶の栓を抜き、少し匂いを嗅いだ。特に変な臭いはしなかったので、そのまま飲む。

すると身体の倦怠感が抜けていき、血に対する欲求も薄れていった。

「すごい！　これがあれば血の渇きが癒える！　これを毎日飲めば……」

「そんなにいっぱいあるかい！　それは貴重な魔力の回復薬だぞ？　人間の命より価値があるわ。毎日消費するぐらいなら人を噛んだ方が手っ取り早い」

どうも、この小柄な老人は人命を軽視する傾向があるようだった。それは弟子のカーンとも通じるものがある。

「……じゃあ、どうすればいいんですか？」

有効と思われた薬が貴重なものと知って、ルナは少し気落ちした。

「吸血鬼は何故人の血を欲するかわかるか？」

「人の血が魔力の供給源になっているからです」

これはカーンの資料にも載っていたことだった。人の血は魔力の触媒となっており、吸血鬼はそれを体内で膨大な魔力へと変換することができる。

「答えの半分だな。それほどの魔力を必要とするのは、吸血鬼は常時魔力消費が激しいことに起因しておる。つまり、魔力消費を抑え込めば良い。加えて、あらゆるものから魔力を取り込めるようになれば、わざわざ人の血から魔力を取り込む必要はなくなる」

ローガンの言っていることは、ルナにはわかるようでわからなかった。

魔力消費が激しいことはわかる。今の身体は物理的にも魔力的にも、常に過剰なまでの力を発揮するからだ。しかし、それを抑え込むといわれても、さっぱりわからない。

「あらゆるものから魔力を取り込む」という話に至っては、「何言ってんだ、このじじい」くらいにしか理解できなかった。

「あの、どうやって魔力の消費を抑えるんですか？」

「わからない、ってことは修行が足りてないってことだ、未熟者」

ローガンはルナを煽《あお》るように、ペッと地面に唾を吐いた。

その態度に、若干の怒りを感じたルナだったが質問を続けた。

「じゃあ、魔力を取り込む方法は……」

「魔力は何にでもある。人間だけでなく、太陽、草木、地面、大気、何でもだ。それを感じて己のものとすれば魔力に困ることはない。ちなみにわしはできる。無敵だ」

ローガンは胸を張って威張った。

「そんな話、聞いたことがないわ」

「ふうっ……五感に頼り過ぎるからわからんのだ。心の目で見ろ」

「何ですか、心の目って?」

「知らん、適当に言った」

話せば話すほどルナはいら立ちを感じた。しかし、この老人に頼る他ない。

「あの、わたしを弟子にしてもらえませんか?」

色々不安を感じるが、カーンの師であったのだから弟子を取るつもりはあるはずだ。

「別に良いよ」

ローガンはあっさり受け入れた。

「ただし、ひとつ条件があるがね」

# 20

「何ですか、条件って？」

奇矯な老人の発言に、ルナは嫌な予感しかしなかった。

「わしと戦え。本気でな。弟子となった後も、月に一度くらい戦ってもらう」

嬉しそうにローガンは答えた。

戦う？　この老人と？　ルナは困惑した。

「あの、わたし不死の王になっているので、多分強いと思うんですけど。下手をすれば死んじゃうかも……」

今のルナの力は強力である。手加減できるかどうかもわからない。

「ばーか、わしのほうが強いに決まっているだろう？　誰だと思っているんだ？　伝説の大魔導士様だぞ？　魔法の書物とかに載っていたりするんだぞ？

それを、ちょっと吸血鬼になったくらいで調子にのりおって。おまえの名前が載るのはせいぜい討伐リストぐらいだろうが。ばーか、ばーか」

実に腹が立つ態度だった。ルナとて好きで不死の王となったわけではない。色んな物を捨てて、つらい思いをして、ようやくここまでやってきたのだ。

ルナの身体は怒りで小刻みに震えていた。

「……今すぐ戦ってもいいですよ？」

ひっぱたいてやりたい、とルナは思った。

「かまわんよ？　かかってこんかい」

ローガンは人差し指を招くように二度動かして挑発した。

それを見て、ルナはローガンに向かって突っ込んだ。一足飛びで距離を詰めると、思いっきり頭をぶん殴った。

小柄な老人は殴られた勢いのまま、地面に二度ほどバウンドして、そのままピクリとも動かなくなった。

「えっ？　嘘？　あれだけ偉そうにしていたのに死んじゃった？」

まさかそこまで簡単にローガンがやられるとは思わず、ルナは唖然とした。

「嫌だね、老人を労《いたわ》らないヤツは。結婚したら舅《しゅうと》をいじめるタイプ？」

背後から声が聞こえた。振り向くとローガンがルナに杖を突きつけている。

「残念、あれは幻覚でした。喜んじゃった？」

その言葉と共に、ルナの身体を強烈な衝撃が襲い、放物線を描くように身体が舞った。

地面に身体が叩きつけられ、今までに味わったことのない強烈な痛みが全身に走る。

だが、不死の王となったルナは強靭《きょうじん》であり、痛みに顔をしかめながらも、すぐに立ち上がることができた。

「おお、さすが不死の王。そうこなくては」

ローガンはご満悦だった。

「……何で戦うんですか？　師匠とは……カーンとは戦ったんですか？」

痛むところを手で押さえながら、ルナは聞いた。

カーンは戦いを好むタイプの魔法使いではなかった。このようなやり方で弟子入りしたとは、とても思えない。

「カーン？　あいつはクソ真面目なやつだから、多分何か貰って弟子にした。金だったか物だったかは覚えていない。おまえはカーンを知っているのか？」

「カーンはわたしの師匠です。師匠がそれなら、わたしだって戦わなくてもいいんじゃないですか？」

ルナも別に荒事を好む性格をしていない。普通に弟子にしてくれるなら、そのほうが良かった。

「嫌だね。せっかく、わしが全力で戦える相手が来たんだから、戦いたいに決まっておろうが？」

ローガンは舌を出して、ルナの話を拒絶した。

「全力？　どういうこと？」

「察しが悪いな。不死の王はその名の通り不死身だ。つまり、わしの魔法をいくら喰らったところで死なん。こんなに良い玩具《おもちゃ》は他にないじゃろ。だから、おまえとは戦う」

要するに、自分の魔法の試し撃ちをしたいと言っているのだ。理不尽な老人だった。

「わかりました。それでいいので弟子にして下さい」

ルナは宣言した。

「いつか必ず勝ってみせるので」


ローガンの修行は意外にまっとうだった。

基礎を重視し、ひとつひとつの魔法の工程を丹念に指導した。

ルナが常に指摘されたのは魔力の量の調整だった。

常に全力で魔力を使うのではなく、適切な量を出力することを意識させられた。

「コップ一杯のために、風呂を満たすような水は要らないだろ？」

ローガンはそう言って、魔力を可能な限り少なく使うように指導した。

魔法は強力であればあるほど良いと思っていたルナは、発想の転換を強いられた。

また、不死の王となったために魔力が強すぎて、それを制御するのは至難の技だった。

夜は相変わらず血の渇きに苦しめられた。耐えきれずにローガンを襲うこともあったが、簡単に撃退された。

「いくら、わしが魅力的だからといって、力ずくというのはいかんぞ？」

襲うたびに、そう言われて屈辱を味わった。内容的には間違っていないが、とても嫌な気分だった。

ただ、三日に一度は回復薬を渡されたので、極端な体力の消耗は避けることができた。

修行は何年も続き、魔力の制御が徐々にできるようになっていった。

すると、身体の中の魔力の流れを感じ取ることができるようになり、次に身体の外の魔力の流れをつかむことができるようになった。

ローガンが言うところの「魔力は何にでもある」という言葉の意味がようやくわかるようになったのだ。

回復薬を使用する頻度も下がっていき、ついには1か月に1回程度で済むようになった。

しかし、この領域に到達するのにルナは20年を要した。

☾

ルナは廃墟の朽ちた壁を見つめ、手をかざしていた。

そして、自分の手で壁を握り潰すイメージを頭の中で描いた。

これもローガンから教えられた、魔力を制御する方法のひとつである。

ローガンが説くところによると、呪文というのは必ずしも必要ではないらしい。

あくまでも魔法を顕現させるための魔力の入力手段であり、それをわかりやすくしたのが呪文なのだ。

あの複雑怪奇な言葉によって紡がれている呪文が「わかりやすい」と言われても、いまいちピンとこなかったルナだが、こと魔法に関してローガンは嘘を言う人間ではない。

それで今は魔力を直接操って、物体に影響を及ぼす訓練をしているというわけだ。

これがなかなか難しい。考えるだけで物を壊すことができるなら、誰も苦労はしないからだ。

（イメージ、イメージ、イメージ）

頭の中で何度も壁が壊れる光景を想像する。

それだけでは魔力を上手く使うことはできないので、手を使って壁を握り潰す仕草を加える。

具体的なイメージがないと、魔力は簡単に発散してしまうらしい。

それは魔力の流れがつかめるようになったルナにも、何となく理解できる。

20年という月日は長いようで短かった。

ローガンから提示された課題は、どれも簡単には達成できないものばかりだったからだ。

カーンのもとにいたときの魔法の課題は、短ければ数時間で達成することができたし、長くても一か月程度で達成することができた。小さなことの積み重ねが、魔法の上達への鍵となっていたからだ。

しかし、ローガンの課題は違う。もっと根源的なものであり、言っている意味がわかったつもりでいても、解釈がまったく異なっていることもあった。

聞けばローガンは何でも教えてくれたが、理解すること自体が難しかったのだ。

自分が持っている時間が無限でなかったら、そんな課題は放り出してしまってもおかしくなかったと思う。

恐らく、カーンが吸血鬼となって不老不死を求めたのも、ローガンの門下生であったことがひとつの原因ではないだろうかと、今ではルナは考えていた。

それほどまでにローガンの説く魔道は深遠《しんえん》である。1年や2年で達成しろと言われても、それは絶望に等しい。

5年、6年とかけて、ようやくひとつの課題を達成することができるのだ。

ただ、それをつかんだ時、自分が魔導士として確実にひとつ上の領域に達したことは実感できた。

それは魔導士として言いしれぬ快楽であり、この深みにはまっていったカーンやローガンの気持ちが理解できなくはなかった。

ルナの場合は、血の渇きを抑制する手段でもあったので、より重要なことであったと言える。

朽ちた壁にひびが生じた。

ルナはかざした手にぐっと力を加える。それで魔力を余すところなく集中させるイメージを描く。

今使っている魔力はかなり膨大なものだ。種火を作るのに、森を焼こうとしている行為に等しい。

これを少しずつ減らしていくのが、今のルナの課題だ。

目をつぶり、視覚ではなく、他の五感でもない何かで魔力の流れをつかむ。

ローガンが冗談めかして言っていた『心の目』である。

あれは冗談ではなかったが、確かに何かはわからない。その領域に到達した者にしかわからない何かである。

ルナはまだその入り口に立っただけだ。不死の王の持つ膨大な魔力によって、無理矢理顕現させているに過ぎない。

壁が崩落する音が聞こえた。

目を開ければ、イメージ通りに壁は粉々になっている。

まだ遅く、まだ無駄が多い。

自分には為さなければならないことが山積みである。

それが時間の流れを忘れさせた。

この廃墟にローガンと自分以外の誰もいないことも、魔法に専念できる理由のひとつだろう。

他に誰かいたら、カーンの屋敷にいたときのように他にやることがあったら、もっと時間が経つことを意識していたかもしれない。

それを意識せずにいられることは、ルナにとって幸運でもあり、一抹の寂寥感を感じさせた。

# 21

月に一度、ルナはローガンと戦っていた。

それが弟子入りの条件だったから、というのもあるが、単純に「いつか、ぶちのめしたい」という気持ちの部分も大きかった。

当初は「それほど勝つのは難しくないだろう」とルナは考えていた。

何せ相手は老人である。ローガンは日々衰えていくばかりだが、ルナは不老不死であり、身体能力は超人的で、魔力の量も人間のそれとは比較にならない。

その上、修行によって魔法の腕が上達してしまえば、ローガンとの差は一気に縮まると楽観視していたのだ。

ところがそうはならなかった。


「ほい、っと」

魔法使いにあるまじき体当たりによる物理攻撃を仕掛けたルナに対し、ローガンは障壁を展開して、その攻撃をはじき返した。

突撃した勢いそのままに、ルナはふっとばされ、背後にあった廃墟の壁をぶち抜いて、かつては高度な文明の一部だった建物が崩壊した。

建物の残骸の中に生き埋めとなったルナではあったが、瓦礫《がれき》を吹き飛ばして、すぐにそこから脱出し、再びローガンの前に立った。

ただし、さすがの不死の王も、かなりの体力を消費したようで呼吸が荒い。

「面倒くさいが、そろそろこの遺跡の外で勝負したほうがいいかもしれぬな。廃墟になっているとはいえ、わしやおまえの先祖が築き上げたものだ。壊すのには忍びない」

ローガンは傍若無人な老人だが、自分の祖であるアスラの民のことは敬っている。理由は単純で、魔法という技術を確立したことに尊敬の念を抱いているからだ。

一方、ルナはその言葉をまったく聞いていなかった。まだ勝負を諦めていなかったからだ。

瓦礫の中に埋まった状態になったときから、囁くような声で、ずっと呪文を唱え続けていた。

『炎よ!』

結びの言葉だけをはっきり叫んで、ルナの魔法は完成を見た。それは荒れ狂う炎の嵐となって、ローガンに迫った。

消し炭すら残らないような劫火《ごうか》を前に、ローガンはため息をついた。

「まだ詠唱に頼っているのか。それではいつまで経っても上達せんぞ?」

持っていた杖をローガンが横に振るうと、炎の嵐は簡単に消え去った。

この大魔導士に言わせれば、入力条件がわかっている魔法など、簡単に消し去ることができるらしい。もちろん、そんなことをできる魔法使いはローガン以外に誰もいないのだが。

ただ、ルナはそんなことは百も承知で魔法を使っていた。

巨大な炎の嵐は目くらましであり、その間に背後に回り込んで、再び打撃による一撃を狙ったのだ。

死角から迫るルナに対して、ローガンは見もせずに杖だけをその方向へ向けた。

「はい、お疲れさん」

杖から放たれたのは凝縮された魔力の塊。それがルナに叩きつけられた。

少女の身体はひとたまりもなく吹き飛んで宙を舞った。


(本当に勝てるんだろうか?)

ルナは朦朧とする意識の中で考えた。

(でも、この人くらい強ければ、師匠を殺さずに済んだかもしれない)

最後に頭をよぎったのは、何故かカーンのことだった。

☾

そして、歳月が流れた。

バヌクートから少し離れた荒野に、ルナとローガンは立っていた。

ルナの背後には大量のアンデッドたちが並んでいる。何十体といるグリム・リーパーを筆頭に、魔物がゾンビ化したもの、スケルトン化したものなど様々だ。

これらはルナがローガンを倒すために周辺からかき集めてきたアンデッド軍団であり、日に日に強力になっていっている。

ルナが指を鳴らすと、アンデッドたちは散開して、ローガンを取り囲んだ。魔法で一網打尽にされないための戦術だった。

そして一斉に襲い掛かった。ローガンは慌てず、杖で地面をコツンと叩くと、その箇所を起点に地面にヒビが入り、大地が裂け始めた。

アンデッドたちは次々に地割れにのみ込まれていったが、死を恐れずに進むので、何体かはローガンのもとへと到達した。

グリム・リーパーが大鎌を振り下ろしたが、ローガンは空に跳躍して、そのまま浮遊。先ほどまで立っていた場所は完全に崩落し、残ったアンデッドたちも全滅した。

ところが宙に浮いたローガンを狙う者がいた。スケルトンドラゴンである。

本来は飛べるはずのない骨の翼で空を舞い、むき出しの牙でローガンを襲った。

このスケルトンドラゴンはルナが何か月もかけて探し出したものであり、今回の戦いの切り札でもある。

「どこで探してきたんじゃ、こんなもの」

ローガンは杖を構えると、襲ってきた魔物の頭を軽く叩いた。するとスケルトンドラゴンの骨がバラバラになり、散開して地上に落下していく。ローガンがルナの術を解除したのだ。

そのルナの姿は地上にない。いつの間にかローガンの頭上へと跳躍し、魔力を使って空中で加速を得て、強烈な蹴りを繰り出していた。

「よっ」

ローガンは軽快な動きで、そのキックを杖で受けると、ルナの身体が空中でピタリと止まった。

「残念無念でまた明日」

その言葉と共に、ルナの身体は急激に重くなり、凄まじい速度で落下。そのまま地面を陥没させた。

重力魔法をルナにかけて、無理矢理墜落させたのだ。

「またわしの勝ちだの」

ローガンがにこやかに笑った。ルナは地面に埋まったまま、空を眺めて考えていた。

「また負けた」と。

ルナはローガンに一度も勝ったことがない。

魔法を工夫し、戦術を練って、数えきれないくらい戦ったのだが、ローガンは強かった。

ローガンは自分の使っている魔法を惜しげもなくルナに教えてくれた。しかし、手の内がわかっても、ローガンは戦い方の引き出しが多く、応用も利かせてくるので一筋縄ではいかない。

魔力量は互角、いやルナが上回っているのだが、経験の差で一歩及ばなかった。そして、その経験の差がいつまで経っても埋まらなかった。ローガン自身がルナとの戦いで、次々と新しい魔法や戦い方を考案しているからだ。ローガンは本当に魔法を研究することが好きな魔法使いだった。

ただ、ルナは不思議に思っていた。ローガンは出会ったときから老人で、そのときのまま今も変わっていない。弟子入りしてから、すでに30年が経っている。

そのことをローガンに尋ねると、

「魔力と同様、命も消耗品だ。無駄を省けば長生きできる」

と答えた。要するに何もしなければ、いくらでも長生きできるらしい。

「じゃあ、わたしに魔法を教えたり、戦ったりしなければ、もっと長生きできるじゃないですか？」

ルナは首を傾げた。

「馬鹿か、おまえは。それでは何のために魔法を覚えたかわからんではないか。魔法は使うから楽しいのだ。使わない魔法に意味はない。わしは派手な魔法が使いたくて、魔法使いになったのだ」

実にローガンらしい答えだとルナは思った。

# 22
(SIDE6)


本来は無人の野であるはずの平地を、煌々《こうこう》と灯りが照らしていた。

何万という数の兵士たちが、そこで野営しているのだ。

戦争に向かうというのに、彼らの表情は暗くない。常勝不敗の王と共にあることを、兵士たちは栄誉だと思っている。

それにかの王は理想を掲げていた。


——世界の統一、皆が平等である国、誰もが幸せになれる場所——


最初にその理想を王が示したときは、誰しもが鼻で笑った。

特に身分が高ければ高いほど、その傾向が強く見えた。「夢物語である」と。

けれど、王は走り出した。理性的な反論にも、感情的な反発にも一切耳を貸さず、政策によって、軍事によって、弁論によって、本気であることを世に示した。

民衆はその王の姿に熱狂し、他国の王や貴族は恐怖した。

「かの王は異常である」と。

それから、30年経った今でも王は走り続けている。

今となっては民衆や兵士たちも王と同じ夢を見ている。他国の民であっても、かの王の統治を望む声が多く聞こえた。

未だ掲げた理想には遠い。だが、もはや王が夢物語を語っているわけではないと、誰しもが理解している。

ただ、それは血塗られた道であり、犠牲も多かった。

実際、王の隣で共に走り続けた腹心は片目を失っている。

片目を失っても、そのまま戦い続け、見事敵の将軍を討ち取った話は語り草になっていた。

既に齢は40を越え、黒髪には白いものが交じり始めているが、長身で鍛え上げられた身体からは、未だ戦士として現役であることが見て取れた。

残ったもう片方の黒い眼には、見る者を威圧する力が灯っている。

腹心の男は王の天幕へと向かっていた。


「こちらでしたか、陛下」

腹心の男は、天幕の近くで空を眺めている王の姿を見つけた。

近くに護衛の者はいない。無論、ある程度の距離をとって近衛の騎士はついているが、普段の王は近くに人を置くことをあまり好まなかった。

また、王や貴族としては珍しく、戦場に女の従者を連れてきていない。

そのせいで「男色である」という噂も立っていたが、そうでないことを腹心の男は知っていた。

自分だけ女を連れ歩くと兵士の士気が下がるという理由と、他にも故あって、女を傍には侍らせていないのだ。

「陛下はよせ、キリアン。今は近くに他の者はおらぬ」

視線を空に向けたまま、王は言った。

「では、ラト様。月を見ておいでしたか?」

キリアンも空を見上げた。そこには金色に輝く月の姿があった。

「まあな。月に思い入れはないのだが、見ていると何故かあいつのことを思い出してな」

ルナ。月を意味する名を持つ少女。彼女のことはキリアンの記憶にも鮮明に残っている。

「月のように美しい方でしたな」

キリアンにとっては主の想い人だが、彼の中でもルナはまた特別な女性だった。

「過去形にするな。俺の妃は未だに美しいに決まっておろう。年老いた俺たちとは違ってな」

ラトは口元を皮肉っぽく歪ませた。未だ若々しい肉体を保っており、周囲には壮健であることを誇示しているが、40を越えたあたりから衰えを自覚するようになっている。

「どこへ行かれたのでしょうな?」

ルナの行き先はラトもキリアンも知らない。バヌクートに向かったことは、ルシアナひとりの胸の内に留められている。

「傘下に置いた国々でそれとなく探らせてはいるが、未だにそれらしい情報はないな。かつて身を置いていた人買いのもとにも戻っていなかった」

ラトは未だにルナのことを諦めていなかった。征服した国々で情報を集め、メイソンのことも探り当てたが、ルナの消息を得ることはできなかった。

「吸血鬼の噂がどこにも立っていないということは、元気にやっておられるのでしょう。意志の強い立派な方です」

「そうだな」

ラトはキリアンのほうを向いて苦笑した。

「だが、意志が強すぎるのも考えものだ。いつまで経っても、俺のもとへと戻ってきてくれないのだからな」


ルナはバヌクートで最も高い廃墟の上に座っていた。

そこは、かつてアスラの民が政《まつりごと》の中心としていた建物だったが、そんなことをルナが知る由もない。

「綺麗だなー」

月を見てルナは呟いた。周囲には誰もいない。

そもそも、バヌクートにはルナとローガンしかいないのだが、ローガンには自然を鑑賞するという感受性など持ち合わせていない。魔法のことしか考えない人間だったからだ。

だから、ルナはひとりで月を見ている。

自分の名前が月を意味しているからかもしれないが、奇妙な親近感を覚えていた。

ただ、月を見て真っ先に思い出すのは、ラトのいる王宮から抜け出してきたときのことである。

あのとき、高く飛んだ先には月があった。

王宮から飛び出して上手くいく確証なんて何もなくて、ただ不安しかなかったけれど、月に見守られているような気がして、少しだけ心強かったことを覚えている。

ラトのことを忘れた時はない。

ラトと一緒にお茶を飲んだときのことや、薬草を摘みに行った時のことを何度も夢に見た。

あのまま王妃になって、ふたりで幸せになる空想を繰り返し描いた。

ラトの左腕にかぶりついたときの安心感を、幾度となく思い返した。

月を見ていると、そんなことを考えて、目が潤んでしまう。

悲しいのか嬉しいのか、よくわからない。

けれど、今のラトのことはあまり考えないようにしている。

多分、奥さんをもらっているだろう。しかも、ひとりじゃなく、たくさんもらっていることだろう。子供もいっぱいいるに違いない。

もし自分が吸血鬼にさえならなければ、もし身分の高い家に生まれていれば、もしラトが王子様じゃなければ。様々な「もし」が頭をかすめる。

「会いたいなー」

再びルナは呟いた。けれど本当に会ってしまったら、悲しい現実を知ってしまうに違いない。

だから、月を見ながら幸せな空想をするのに留めておいた。

# 23

長い年月を経て、ついにルナは血の渇きから解放された。

日常における魔力の消費を極限まで減らし、呼吸をするかのように自然から魔力を集められるようになったのだ。

バヌクートに来てから40年も経っているが、その外見はまったく変わっていない。

「さて、どうしよう？」

ルナは悩んだ。

目的は達成した。しかし、その後の目的がない。強いて挙げればローガンに勝つことである。

ただ、そのローガンは、めっきりルナと戦わなくなった。

ローガンも外見的には変わっていないが、ルナに教えることが少なくなってくると同時に、瞑想して過ごす時間が徐々に長くなっていった。今では一日のほとんどを瞑想で終えている。

「もう長くはない」

最近のローガンの口癖だった。

さしもの大魔導士も終わりの時が近づきつつあったのだ。

「大師匠、永遠の生命は欲しくない？」

ルナはローガンに尋ねた。大師匠とはルナがローガンを呼ぶときに使っている呼称だ。師匠であるカーンの師匠だから大師匠というわけだ。

試したことはないが、吸血鬼は血を吸った相手を眷属にするかどうかを決めることができる。普通の人間なら吸血鬼だが、アスラの民であるローガンなら不死の王になれた。

ローガンは答えた。

「おまえ、わしの年齢がいくつか知ってる？　120だぞ？　人類最高齢だ。わしは伝説の大魔導士であり、世界最高齢の記録を持つこととなる。ちょーカッコいい。しかし、アンデッド化したら、その記録がパーだ。伝説の大魔導士の称号も世界最高齢もズルをしたことになるからな。だから、余計なことはするな」

ローガンは歯を見せて笑った。

「そうですね、大師匠はカッコいい」

ルナは心からそう思っていた。ローガンは滅茶苦茶な人間だったが、その生き方には信念があった。

カーンのように人間であることを止めることに価値を感じず、人間として最高を目指した。それは尊敬できる生き様だった。

ルナは日課のように、ローガンのねぐらである庵《いおり》を訪れるようになった。

巨大な建築物の間に、ひっそりとたたずむ草ぶきの小屋がローガンの庵である。

それは結界によって隠されており、ここに来た時のルナには見つけることができなかったが、修行を重ねるうちに、ようやく認識できるようになった。

初めて発見したときから何十年と経っているが、一向に古びる気配がない。庵全体に何らかの魔法がかかっているのだろう。不思議と落ち着く場所だった。

ルナはローガンと話すときもあれば、瞑想している姿をしばらく眺めてから帰ることもあった。

瞑想しているローガンは自然の一部にでもなったかのように魔力を循環させており、見ているだけでも魔法使いとしての気づきはある。


「わしはこんな感じの小屋で育った」

ある日、ローガンは瞑想したまま呟いた。かの大魔導士が自分のことを話すのは珍しい。

「ぼろい小屋でな。幼い頃は引け目を感じたものさ。あの家を出たときは、もう二度と戻らないと思った。それから、立派な屋敷に住んでいたこともあった。弟子やら使用人やらもいっぱいおったわ。ところが、今はそのぼろい小屋をわざわざ作って住んでいる。おかしなものだ。結局のところ、人間が戻るところは最初の場所なんだろうな。おまえにもあるか？」

問われてルナは少し考えた。

「わたしは……メイソンの屋敷かしら？　師匠の屋敷にも親しみはあるけど、メイソンの屋敷の長い廊下を、みんなと一生懸命掃除したことが懐かしいわ。よくわからないけどね。同じくらいの年の子もたくさんいたし、メイソンやモリーも人買いだけど悪い人じゃなかった。……うん、やっぱりあれは良い思い出よ。今でも時々夢に見るもの」

「夢に見るような場所があるのは良いことだ。そういった思い出は、おまえの永遠の無聊《ぶりょう》をなぐさめることだろうさ」

瞑想したままのローガンの表情に動きはないが、何故か優しく微笑んでいるように思えた。

ルナは毎日庵を訪れたが、段々と会話することは少なくなっていった。

恐らく師としての役割を終えたとローガンは判断したのだろう。

それでもルナは庵を訪れ続けたが、そのうちローガンは瞑想したまま動かなくなった。

ルナはローガンの内に魔力の流れがないことに気付いた。

「最後まで大師匠には勝てませんでしたね」

ルナはそう言うと、ローガンの住処であった庵を去り、そのままバヌクートを出た。


ルナが外の世界に出るのは40年ぶりだった。バヌクートに留まっても良かったが、やはりひとりでいることには耐えられそうになかったからだ。不死の王になったとはいえ、孤独までは克服したわけではない。よくローガンはあんなところにひとりでいられたものだと、ルナは思った。

目指したのは、ルナにとっての故郷。人買いのメイソンの屋敷だった。

生きていればメイソンたちは80歳くらい。ぎりぎり生きているかもしれない。

久しぶりの人間の世界は色々変わっていた。ルナはカーンの形見の護符を使って、目立たぬように行動したが、街の変化には驚くことが多かった。

ルナが知っている世界は小国が乱立した状態だったのだが、現在ではその多くがひとつの国に統一されていた。

その国の名はラーマ国。武王と呼ばれるラムナート王によって、世界は急速にひとつになりつつあった。

メイソンの屋敷があった国もラーマ国に征服されており、人身売買は禁止されていた。

それだけでなく、多くの国がひとつにまとまったことで流通が盛んになり、店に並べられている商品の数が格段に増えている。

「ラトは頑張ったんだなぁ」

街に掲げられたラーマ国の見知った紋章を見て、ルナは感慨深かった。

それから、メイソンの屋敷に向かった。

メイソンの屋敷はさすがに古びていたが、やはり綺麗にしてあった。

屋敷の敷地中には、何故か子供たちの姿があった。

（人身売買は禁止されたのでは？）

不思議に思ったルナは、屋敷の扉を叩いた。

出てきたのは身なりのきちんとした初老の女性だったが、ルナの顔を見て驚いた。

ルナはその女性に既視感を覚えた。じーっと女性の顔を見て、記憶を辿る。

「ルナ⁉　えっ？　ルナの孫？」

「もしかしてドロシー？」

それはルナの初めての友人。この家でいつも一緒にいた女の子だった。

「え？　本当にルナなの？　何でそんなに若いの？」

「まあ、色々とあってね」

色々で済ませることができるようなルナの外見ではないが、ドロシーは微笑んだ。

「色々か。そうね、あなたは魔法使いに買われたものね。色々あるのかもね」

ドロシーはルナが白い魔導士のローブを着ているのを見て、その現状を勝手に察したようだ。

彼女は魔法の力をかなり買い被っているようだが、好都合なのでそのことには触れないでおいた。

「それよりも何でドロシーがここにいるの？　あんなにこの屋敷を嫌っていたのに」

ドロシーは人買いの屋敷を出たとき、殊更喜んでいた。もう二度と戻らないとも言っていた。

「わたしも色々あったのよ、色々ね。中に入りましょう。お茶ぐらい出すわ」

ルナはドロシーに誘われて、屋敷の中へと入って行った。

中はやはり古びているものの、ほとんどがルナの記憶のままで、まるで過去に戻ったような気分になった。

ドロシーが案内したのは、かつてメイソンが貴族などを相手に商談をしていた応接室。

当時は高価な調度品だったが、今ではすっかり骨董品となったテーブルに、ドロシーがお茶を運んできた。

「ドロシー、お茶って高級品じゃない？　いいの、そんなものをわたしに出しても？」

ルナが知るお茶は高価で、とても庶民の口に入るような値段ではなかった。

「何言っているの、ルナ？　お茶なんかそんなに高い物ではないわよ？」

ドロシーは笑った。

「昔は高級品だったでしょ？」

「その話は古すぎるわ。武王が国土をはるか東にまで広げてから、お茶の値段はかなり下がったじゃない。あなた今までどこにいたの？」

ドロシーは不思議そうな顔をしている。

「うんまあ、最近まで人がほとんど住んでいないような田舎にいたのよ。だから、近頃のことは全然わからなくてね」

「ふーん、魔法使いって大変なのね？」

またドロシーは勝手な解釈をしたようだが、今度は大体合っていた。確かに大変だった。

「それで何でドロシーはこの屋敷に戻ってきたの？」

「ああそれ？　そうね、わたしも最初この屋敷を出たとき、二度と戻らないと思っていたわ。実際、わたしを買ってくれたご主人様たちのほうが、モリーよりよっぽど優しかったしね。わたしはね、そこですごく褒められたの。この屋敷では1回も褒められたことがなかったのに、『ドロシーはすごい、何でもできる』ってね。わたしは嬉しくて嬉しくて一生懸命働いたわ。そしたら立場もどんどん上がっていってね。後から入ってきた若い子たちの教育とかも任されるようになったの。でもね、その子たちが全然仕事ができないのよ。売った人買いが大した教育をしてなかったみたいでね、本当に使えなかったわ。わたし、思わずモリーみたいに怒って、拳骨で叩いて、できるようになるまで教えちゃったのよ」

ドロシーはそっとお茶を飲み、昔のことを懐かしむように微笑んだ。

「そりゃ、わたしなんかが重宝されるわけよ。モリーに徹底的に仕込まれたんですもの。字も読めたし、簡単な計算もできたから、重要な仕事も任されるようになって、最後にはちゃんとした身分も与えてもらったわ。わたし、結婚したのよ？　今では孫もいるの」

ルナはドロシーの中にもうひとりの自分を見つけた。もし、自分がアスラの民の血を引いていなければ、目の前の女性のように、幸せな人生もあったのかもしれないと。

ドロシーはそんなルナの想いに気付くはずもなく、話を続けた。

「でね、ようやく理解できたのよ。わたしが何で幸せになれたのか、って。モリーがね、一生懸命教育してくれたおかげだ、って。

わたしもね、人を教えるようになってからわかったんだけど、人に教えるのって大変なのよ。本当に大変。その子ができなくても、わたしが困るわけじゃないから、放っておいたほうが楽なのよ。

愛がないとできないの。愛がないとね。モリーは本当に怖い人だったけど、怖い分、愛情が深かったわ。メイソンはまあ、商売でやっていたんでしょうけどね」

ドロシーが笑い、ルナも笑った。

「そうね。わたしも色んな人に教わってきたけど、教えてくれる人には確かに愛があった気がするわ。見当違いの方向を向いていたこともあったけど、それでもわたしを支えてくれてたんだと思う。ちょっと迷惑だったこともあったけどね」

ルナはふたりの師に想いを馳せた。しかし、カーンもローガンも愛という言葉がまったく似合わなくて、それが少し可笑《おか》しく、寂しかった。

「そうそう、教えてくれる人は貴重な存在なのよ。わたしたちには母親がいなかったけど、モリーがその代わりを立派にやってくれていたのよ。だから、子育てが終わって孫もできて、少し手が空いたから戻ってきたの。自分の家にね。

わたしだけじゃないわ。モリーに育てられて、買われた先で自由を手に入れたのに、戻ってきた子たちは多いの。それで交代で面倒を見ているのよ、子供たちのね」

ドロシーが廊下を行く子供たちに目をやった。

「人身売買って禁止になったんじゃないの？」

ルナは疑問に思っていたことを尋ねた。

「当たり前じゃない。ここはね、今は孤児院になっているの。でもやっていることは変わらないわ。お金は貰ってないけどね」

# 24

「メイソンはちょっと前に亡くなったけど、モリーはまだ元気よ。最近は寝たきりだけどね」

ドロシーはルナとひとしきり喋った後、モリーのいる部屋へ案内した。

ルナはドロシーに「魔法使いの弟子になったけど、自分を買った魔法使いが亡くなって、さらにその師匠のもとで魔法使いとして修業を積んでいた」と話した。ドロシーはその説明で納得したようだった。

「モリー、驚かないで。ルナよ？　魔法使いになったんだって」

ドロシーはそう言って、ルナをモリーの部屋に入れた。

モリーはベッドの上で上半身を起こして、窓から見える子供たちの姿をぼんやり眺めていた。もうすっかり老婆となっていたが、姿勢はしゃんとしていて、思い出の中のモリーの姿と重なった。

ドロシーの言っていることが聞こえていないのか、こっちを向かない。

「最近、めっきり老け込んでね。近くに行けば大丈夫よ。わたしは子供たちの面倒を見なきゃいけないから行くけど、モリーと話をしてあげてね。ルナのことを長い間心配していたみたいだから」

ドロシーはそう言うと、ドアを閉じて去っていった。

「モリー」

ルナはベッドの側にある椅子に腰かけてから、声をかけた。

ふっとモリーは顔を向けた。

「ルナかい？　何だい、そのざまは？」

モリーは人の良さそうな笑顔を浮かべた。ルナがこの屋敷にいたときには、見せたこともない顔だった。一瞥《いちべつ》してルナのことを認識したが、若い姿であることはそれほど奇異に思っていないようだ。

「まあ、色々あってね」

今の自分の姿を「そのざま」で表されたことに、ルナは苦笑した。

「幸せかい？」

「どうかな？　よくわからないわ」

「そう。でも生きていてよかったよ。何せ、あんたは魔法使いなんかに買われちゃったからね」

モリーは目を細めてルナのことを見た。

「モリーはわたしが買われていくとき、色々心配してくれていたからね。覚えているわ。『辛かったら、いつでも帰ってきなさい』って、こっそり言ってくれたし、『相手は魔導士だから何をされるかわからない。自分の命のために一生懸命働くのよ』って、注意もしてくれたわ」

「よく覚えているわね、ルナ」

モリーは微笑んでいた。

「覚えているわよ、そりゃね。こんなものまで渡されたんだから」

そう言って、ルナが懐から取り出したのは剃刀だった。

「モリーがこれをわたしに渡したとき、何て言ったか覚えている？　『いざとなったら、これで首をかっ切りなさい』って言ったのよ？　まだ幼いわたしによ？　貰ったときは恐ろしくて手が震えたわよ」

モリーはその剃刀をじっと見た。

「その剃刀はね、あまり良くない客のところへ行った子たちに渡したんだよ。評判の悪い連中のとこさ。そんな連中にわたしの子を殺されるくらいなら、先に殺してしまえと思ってね。実際に使った子はいなかったみたいだけど。良かったんだか悪かったんだか。結局、売った後、どうなったかわからない子たちも大勢いるからね。

あんたを買ったカーンとかいう魔法使いはどうだったんだい？　魔法使いは特に評判が悪いんだよ。何せ、子供を魔法の素材か何かだと思っているようなヤツらだからね」

ルナは思わず肩をすくめた。モリーの言っている通りだったからだ。

「どうかしらね？　でもその剃刀を使う機会はあったわ。カーンはわたしのすることに全然興味がない人でね。一生懸命働いても、あんまり反応がなかったのよ。モリーの言っていた通り、わたしを買ったのはよくない目的のためじゃないか、って思ったわ。

でもね、『髭を剃らせてください』って頼んだら、意外とすんなり身を預けてくれたのよ。それもメイソンみたいに身体を強張らせていないの。目を閉じて身体の力を抜いてくれたのよ。だから剃りやすかった。

そのとき思ったのよ。『ああ、この人はわたしのことを信頼してくれているんだな』って。そう思ったら嬉しくてね。だから、髭は剃ったけど、そういう風には使わなかった。そうね、カーンは不器用だったけど、悪い人ではなかったわ」

ルナは剃刀を再び自分の懐へと戻した。

「そうかい。まあ生きているんだから、それで良しとしなきゃね」

モリーは笑った。

「でも、一度、人さらいに襲われたわ。あれってメイソンの仕業《しわざ》？」

ルナは森の中に薬草を摘みに行ったときに、人さらいと遭遇したことがあった。それは高値で売れたルナを取り戻して、もう一度別の客に売ろうと、メイソンが寄こしたものかと思っていた。

「メイソンは信用を大事にしていたから、そんなことはしないよ。あれはわたしがやったことさ。まだ生きているなら、取り戻そうかと思ってね。前金を払った後、連中から全然連絡が来ないから逃げたのかと思っていたわ。ちゃんと仕事はしたのね」

「ごめんなさいね、あの人たちは死んでしまったわ」

口ではそう言ったものの、ルナにそれほど良心の呵責はなかった。

「いいさ、どうせロクでもない連中だ。それで、カーンっていう魔法使いはどうした？　まだ生きているのかい？」

「40年くらい前に死んだわ」

「おや、早かったんだね。その後はどうしたんだい？　ここに戻ってきてもよかったのに」

「ちょっと良くないことになってね。うん、わたしはね、悪いモノになりかけたの。そうね、悪魔になりかけたと言ってもいいわ。とてもつらい時期だった。いっそ、その悪魔になってしまおうかとも思ったのよ。あまりにもつらかったからね。

でもならなかったの。自分でも不思議だったわ。だって、そうなってしまったほうが楽だったからね。『何でだろう？』って思ったわ。何で自分はこんなにつらいのに、人であり続けようとするんだろうって。

多分ね、モリーに育てられていなかったら、そういう楽な道を選んでいたと思うの。他の人買いのところにいたら、間違いなく悪魔になっていたわ。でもね、そうじゃなかった。わたしはね、商品としてだったかもしれないけど、ちゃんと人として育てられたから、悪魔になんかなれなかった。

モリーに『人間は頑張るものだ』って教えられたから、楽なほうにはいけなかったのよ。だからそうね、わたしが大変な目にあったのは、モリーのせいでもあるわ」

「何かあんたの言っていることはよくわからないわ。でも大変だったんだね」

モリーはルナに向けて手を伸ばすと、そっとその頭を撫でた。

ルナは驚いたが、頭をモリーのほうに傾けて、されるがままにした。

目線は自分の膝にいったが、そこにポタポタと涙が落ちて、とめどなく濡れていった。

「大変だったわ。本当に。わたし頑張ったもの」

ルナの声は震えていた。

「そうね」

モリーの声は優しかった。


しばらく静かな時が流れた後、ルナが口を開いた。

「ねえ、モリー。どうして人買いなんかやっていたの？　今みたいに孤児院をやればよかったじゃない？」

それはルナがずっと不思議に思っていたことだった。

「馬鹿だね、あんたは。人買いに売れば金になるのに、ただで子どもを預けるヤツなんかいるもんかね。武王が人身売買を禁じたから、孤児院が成り立つようになったのさ。他の人買いはほとんど廃業したし、そのまま孤児院なんか始めたのはうちくらいのものさ」

「あっ、そうか。それもそうね」

「おまけに孤児院には国から援助が出ているんだよ。武王様様さね」

ラトは自分で言った通り、人身売買のない世の中を、綺麗な国を作ったのだ。

「……わたしもね。人買いに売られた子だった。そこから売られた先は娼館。一応、高級なところだったから、一通りの教育は受けられたけどね。読み書きとかできたほうが貴族とかに受けが良かったから。でも商売が商売だったから、自由になれる希望なんかなかったし、子供もね、できない身体になった。そんなわたしを娼館から買い取ったのが、メイソンだったのよ。

メイソンはね、貴族の三男で家を継ぐこともできない、どうしようもない遊び人だったけど、金を集めるのは上手い男でね。何故かわたしのことを気に入ってくれたのよ。

わたしはメイソンに言ったわ。『人買いがやりたい。自分で生きていけるような子を育てたい』って。あいつは気安く請け負ったのよ。『いいな、それ』って。そのくせちゃんと準備を整えて、この屋敷を買い取って商売を始めたのさ。……うん、良い男だったよ、メイソンは。で、わたしは一生懸命子供たちに教えた。娼婦なんかやらなくても生きていけるように、ちゃんと仕事ができるように、ってね。まあ子供たちからは嫌われていたけどね」

「自分でわかっていたんだ」

ルナは思わず笑ってしまった。

「わかっているさ。でもね、メイソンから言われていたんだよ。『好きだとか愛しているとか言うな』って。『情が移って商売にならなくなるから』って。あいつはね、わたしのことが良くわかっていた。ほっといたら、いつまで経っても子供を手放さないとわかっていたから、あいつの判断で子供を売っていたのよ。まあ、そうじゃないと商売は成り立たないからね。

あんたのことだって売りたくなんかなかった。しかも、相手はよりにもよって魔法使い。わたしは反対したんだけど、何しろあんたはアスラの民だったから、うちで買い取った値段も高くてね。『売らないとやっていけない』ってメイソンに押し切られたのさ」

「高かったのに、何でわたしを買ったの？　安く買って高く売るのがメイソンのポリシーだったじゃない？」

「あんたを買ったのはわたしだよ。金髪で赤い眼をしていて、可愛かったからね。自分の娘にしたくって買ったのさ。……結局は売っちまったけどね」

「……それでもうれしいわ。ありがとう、モリー。あなたが買ってくれて本当に良かった」

ルナの言葉を聞いて、モリーは大きく息をした。

「その言葉が聞けて良かった。ルナのことはずっと心配だったから。あんたに会いたくて、この年まで生きたようなものよ。もう思い残すことはないわ」

モリーの身体の魔力の流れは大分弱まっている。もうあまり長くはないとルナはわかった。

「ねえ、モリー。もっと長く生きたい？　元気になってずっと生きていたい？」

「何だいそれは？」

モリーは笑った。

「嫌だよ、そんなのは。自分の子供たちより長生きなんてするもんじゃないね。そういうのは順番が大事なのよ。わたしが死んで、それからドロシーやルナが死ぬ番だ。あんたらに先に死なれたら、わたしは自分が死ぬことよりつらいよ。そんな人生、まっぴらさね」

# 25

ルナはそのまま孤児院の仕事を手伝うことにした。

ドロシーたちが高齢で若い人手が不足しているという事情と、ルナ自身がモリーの最期を看取りたいという気持ちがあった。

孤児院でのルナは、子供たちには人気だった。何人もの師についたルナは教えられる側として経験が豊富で、根気強く教え方も上手かった。

ルナにしてみれば子供たちは言葉を話せる分、アンデッドたちよりも扱いやすかった。

子供は可愛くて柔らかくて、そして脆さを感じさせた。芽吹いたばかりの草木のような、成長する力強さと簡単に摘まれてしまうような儚さを。それはルナが失ってしまったもので、尊く感じられた。

ルナは孤児院で働きつつ、魔法の研究も続けていた。ドロシーたちには魔法使いと公言していたため、それを不思議に思う者もいなかった。

魔法使いの弟子として買われ、カーンとローガンに師事した以上、ルナは魔法使いとして生きていくつもりだった。ふたりの魔法を継ぐのは自分より他にいないという使命感もあった。

しばらくしてモリーが亡くなった。

その葬儀では皆泣いていた。ここから売られていったドロシーたちも、今いる孤児たちも、モリーを惜しんで泣いていた。

ルナはこういう風に死にたかったと、モリーに羨望を抱いていた。

そしてまた月日が流れた。

☾

武王と名高かったラムナート王が高齢となり病を得ると、ラーマ国を巡る情勢が慌ただしくなってきた。ラーマ国は国土を広げた分、統治が行き届かない場所も出てきており、武王の威光が薄れてくると、反乱の兆しが見え始めた。

それはラーマ国の後継者にも問題があった。武王は妃を取らなかったため、子がいなかったのだ。

何故妃を取らなかったのかは様々な噂はあったが、武王は妹の子を養子とし、それを次の王として指名していた。

しかし、直系ではなかったために求心力が弱く、武王が衰えると、一気に王国の基盤が揺らいだ。

各地で反乱が起こり、それが糾合され、大きなうねりとなった。

ラーマ軍内部でも裏切りが頻発し、反乱軍に何度も敗れ、ラーマ国の衰退は明らかになった。

ただ、反乱軍は占領した都市で略奪などの蛮行を行ったため、民衆にはあまり支持されておらず、反乱軍の侵攻は恐怖でしかなかった。

そして、反乱軍はルナたちの孤児院がある都市にまで迫っていた。


「わたし、そろそろ行くね？」

夜更けにルナは孤児院を出ようとしていた。

「どこへ行くの？」

孤児院の院長となっていたドロシーは不思議そうに尋ねた。

ルナは他に行くところがないと常々言っていたからだ。

「うん、実はずっとさぼっていたことがあってね」

「さぼる？　あなたが？」

ルナは昔から勤勉な人間だったから、何かをさぼるなどということはドロシーには考えづらかった。

「そう。昔ね、無理矢理押し付けられた仕事があってね。断ったんだけど、押し付けようとしたのが頑固なヤツでさ。ずっとその仕事をわたしのために取っといてくれたみたいなの。そのせいでみんな迷惑しているっていうのにね」

「何なの、その仕事って？」

「王妃よ」

「オウヒ？」

ドロシーにはルナの言葉が突飛過ぎて、「王妃」と言っているとは認識できなかった。

「だからね、今までさぼっていた分、ちょっと働いてくるわ。じゃあね」

ぽかんとするドロシーを後ろに、ルナは屋敷を出ていった。


ルナは孤児院のある都市を出ると、夜の闇を疾走した。

魔力の出力を自在に操れるようになった今、その最大速度は生物には例えようもなく、文字通り風となっていた。

そうして馬で1日はかかる距離を3時間で駆け抜けたルナは、ようやく目標を発見した。

反乱軍である。夜遅く、敵襲の恐れもないので、その陣地は静まり返っていた。

ルナがパチンと指を鳴らした。

大地が蠢《うごめ》き、地面から次々とグールやスケルトンが姿を現した。

それはルナがローガンとの戦いのために集めていたアンデッドたちである。

アンデッドたちを完全に支配下においたルナは、不死の軍団をどこでも召喚できるようになっていた。60年という積み重ねとアスラの民の血と不死の王の力が可能にした死霊魔術だった。

今のルナは死霊魔術師として頂点を極めた存在となっている。

「別に恨みはないんだけどね」

ルナは呟いた。

「この国はラトがわたしのために築いたものだから」

ルナが反乱軍を指差し、アンデッドたちに目標を示した。

ゆっくりとアンデッドたちは反乱軍の陣地に近づいていく。

そのうち、見張りの者が何かに気付き、悲鳴のような声で異常を知らせた。

だが、周囲は無数のアンデッドたちに完全に包囲されているため、反乱軍は為す術もなく、亡者の群れに呑み込まれていった。それはまさしく悪夢だった。

この日を境に、反乱軍は次々とアンデッドの軍団に襲われた。

反乱軍は勢いを失い、逆にラーマ国軍は勢いを取り戻したが、アンデッドの軍団の存在に関しては、反乱軍は敗北を隠すためにその事実を隠蔽し、ラーマ国軍もアンデッドに助けられたとあっては外聞が悪いため、おおやけにはしなかった。

そして、ルナはラーマ国の王都へと戻った。

何十年かぶりに、ルシアナはカーンの屋敷に訪れた。屋敷はラトの命令で保持されており、古びてはいるが、十分整備された状態にあった。

ルシアナがここにきたのは、王都内である腕輪が魔力の反応を示したからだ。

宮廷魔術師であるルシアナは魔導士のローブを羽織り、杖を持ち、念のために装備も整えている。

「ひさしぶりね、ルシアナ」

待っていたのはルナだった。カーンの部屋の椅子に座っていたその姿は、50年前と変わっていない。

そして、左腕につけた腕輪をルシアナに見せた。50年前にラトがルナに贈った腕輪だ。

ルシアナは綺麗だった黒髪が白髪に変わり、すっかり老いていたが、年相応の美しさを感じさせた。

「ひさしぶりね、ルナ。調子はどう?」

調子というのは血の渇きのことを指していた。もし血の渇きを克服しておらず、逆に屈していれば、王国にとってルナは脅威となる。

「調子はいいわ。良くなるのに30年くらいかかったけどね。今はもう何ともない」

「30年……長かったわね」

ルシアナは目を閉じ、ルナが血の渇きを克服するために費やした月日に思いをはせた。

「そうね、長かった。でも人生は大変なものよ、誰にとってもね。たとえ他の人からしてみれば些細なことでも、その人にとっては大変なことなの。みんな何かと戦っているわ」

「……そうかもしれないわね。でも、あなたは実際に戦っているんじゃない？　反乱軍とね」

ラト、ルシアナ、キリアンの３人はアンデッドの軍団を使役している魔導士に関して、おおよその検討はつけていた。

「そうよ。余計なお世話だったかしら？」

ルナはあっさりその事実を認めた。

「いいえ、助かっているわ。陛下は大変お喜びよ。『王妃が戻ってきた』ってね。もちろん、それはわたしとキリアンにしか言ってないわ」

「わたしが王都に来ていることは伝えた？」

「いいえ、まだよ。陛下は病床にあるの。あまり刺激的なことは伝えられないわ」

ルシアナは寂しげに微笑んだ。その表情はラトの容態が思わしくないことを示している。

「そう……わたしね、どんな顔をしてラトに会えばいいのかわからないの。まさかずっと結婚しないだなんて思わなかったから」

「わたしも思わなかったわ。まさか、そんな純情な人だとは思わなかったもの。とっとと他の女に手を出すと思ったわ」

ルナとルシアナは顔を見合わせて、何十年かぶりにラトの話題で笑い合った。

「ラトはわたしの言った通りの国を築いてくれたわ。だから、今度はわたしがそれを護る番。反乱軍はわたしが倒す。だって、わたしはラトの国の王妃なんだからね」

ルナはラトの気持ちに応えたいと思っていた。たとえ遅すぎたとしても。

「ありがとう、ルナ。わたしが言える立場ではないけど感謝している。ただね、もうひとつお願いがあるの」

そう言って、ルシアナは周囲の様子を今一度確認した。

「何？　近くには誰もいないわよ。生きている人間はね」

カーンの屋敷の周辺には、ルナのアンデッドたちが潜み、侵入する者がいないか見張っていた。

「実はね、王都にも裏切り者がいるの。反乱軍に情報を流し続けている人間がね。恐らく反乱軍を組織したのもそいつなのよ。元は急進的な改革を進めた王国に対して、守旧的なイデオロギーを掲げた組織だったんだけど、賛同者や王国に不満を持っている者を少しずつ集めて、地方にまで勢力を広げていたの。陛下が倒れてからは爆発的に支持を集めるようになって、今では反乱軍の思想的バックボーンとなっているわ。この組織が存続する限り、また反乱は起こるかもしれないの」

「嫌な話ね。せっかく世の中が良くなったっていうのに」

ルナは眉をひそめた。

「キリアンが調査を進めているけど、まだ容疑者を絞り切れていないわ。だけどね、王都にアンデッドを操る死霊魔術師がいると知れば、そいつは動くと思うのよ。何しろ、悪い死霊魔術師さえいなければ反乱は成功するのだからね」

ルシアナは不敵な笑みを浮かべた。

「悪い死霊魔術師……ね。わかったわ、きっとそいつは近いうちに街の噂になるでしょうね。昔の師匠みたいに、可愛い魔法使いの弟子がいるってね」

ルナも面白そうに笑った。


ルナは昔のようにカーンの屋敷で生活を始めた。屋敷を整え、家事をし、薬草を取りに行き、薬を作り、街に買い物に出かけ、それから魔法の研鑽を積んだ。

ルナのいる屋敷に怪しい魔導士が住んでいるという噂を、ルシアナが流した。

しばらく経って、ルナは街に出た帰りに声をかけられた。

「お嬢さん、ちょっと話を聞かせてくれないかな?」

声をかけてきた相手は第8騎士団所属のコンラートだった。

# 26

コンラートはルナとふたりの部下を連れて、カーンの屋敷へ向かった。

屋敷に近づくにつれて、これ以上は先に進みたくないという気持ちにかられた。しかし、それが結界の影響であることはあらかじめわかっていたので、その気持ちを押し殺してルナの後に続いた。

ふたりの部下も不快さをにじませた表情をしているが、何とかついてきている。

ルナが屋敷の門をくぐった。

「わたしについてきてね。グールに足を掴まれたくなければ」

コンラートたちはルナの後ろにぴたりと並んで、恐る恐る敷地内へと入っていった。

ルナが屋敷の扉を開けると、そこには3体のスケルトンが待ち構えていた。

「グリム・リーパーよ。わたしの帰りを待っていたのね」

大鎌を持った不吉な骸骨たちを紹介されたコンラートは青ざめた。

「ルナ、申し訳ないが、彼らには屋敷の外に出ていてもらえないか？　正直、わたしは怖いんだ。その、昔からお化けとかが苦手でね」

コンラートは身震いする素振りを見せた。

「騎士様も意外と臆病なのね？　じゃあ、門のところでも守っていてもらおうかしらね」

ルナはくすりと笑うと、門の方を指差して、移動するよう指示を出した。グリム・リーパーたちはゆっくりと指が示した方向へと向かっていく。

コンラートたちはほっと息をついた。

「それで、もうアンデッドはいないんだね？」

「そうよ、怖がりな騎士様」

ルナはからかうように答えた。

「じゃあ、カーンのところに案内してもらえるかな？」

「ええ、奥の部屋よ。付いて来て」

屋敷の中に入って行くルナの後ろ姿を見ながら、コンラートはふたりの部下に目配せした。

「ここよ」

奥の部屋に案内してドアを開けようとしたルナを、コンラートの部下たちが取り押さえた。

「きゃっ！」

ルナが短い悲鳴をあげたが、コンラートは構わず剣を抜いて、部屋に押し入り、椅子に座って机に向かっている男を背後から斬りつける。

剣は男の肩から胸に向かって椅子ごと斬り裂いた。男は声ひとつあげることができず、大量の血を流している。致命傷であることは間違いなかった。

「すぐに逃げるぞ！　娘も始末し……」

振り返って部下たちに指示を出そうとしたコンラートだったが、そこで信じられないものを見た。

ふたりの部下は苦悶の表情を浮かべて首を押さえ、倒れている。

ルナはその倒れた部下たちの間に立って、悪戯っぽく笑っていた。

「用は済んだかしら、騎士様？」

「どういうことだ？　何で彼らが倒れている？」

コンラートは何が起きているのかさっぱりわからず、混乱していた。

「ちょっと女性のエスコートの仕方がなっていなかったから、お仕置きをね。いけないのよ？いきなり淑女の身体を乱暴に扱ったら」

「おまえがやったのか⁉」

「そうよ。これくらいの簡単な魔法は使えるわ」

ルナが右手をあげて、何かを握る素振りを見せると、コンラートの首が見えざる力で絞まり始めた。

「やめっ……」

声も出せず、コンラートは窒息寸前になった。

意識を失う一歩手前で、ルナが握った右手を開いた。すると首を絞め上げていた見えざる力が消えた。

「……なっ、何者だ、おまえは？」

コンラートは絞められた首を押さえ、無事を確かめている。

「自己紹介なら詰め所で済ませたでしょ？　カーンの弟子よ」

「弟子なら何故師匠を殺されて平然としている？」

「師匠なら50年くらい前に死んでいるわ。灰なら、まだ地下に残っているけどね」

コンラートは後ろを振り返って、先ほど自分が斬った人間を見た。

「じゃあ、こいつは何だ⁉」

「それは幻よ」

ルナがパチリと指を鳴らすと、斬られた人間は消え去り、背もたれの半ばまで剣が食い込んでいる椅子だけが残った。

コンラートの目は大きく見開き、恐怖に満ちている。

「おまえが死霊魔術師か！」

「そうよ」

悪びれる様子もなくルナは認めた。

「俺を騙したのか⁉」

「失礼ね？　騙してなんかないわ。あなたは一度でもわたしに聞いたかしら。『死霊魔術師か？』って」

確かに言った覚えはない。だが、ルナの年齢で高度な魔法が使えるなどと誰が思うだろうか。

その若さで高位の魔法を覚えているなどありえない。

……いや、コンラートにはひとつだけ思い当たる存在があった。それは死霊魔術を調べていく中で知った不老不死の魔物。

「吸血鬼なのか？」

血を吸うことで人間を同じ眷属に変える最悪のアンデッド。死霊魔術の行き着く先。

「ちょっと違うけど、まあ似たようなものね」

「何故ラーマ国の味方をする？　人間同士の争いにおまえは関係ないだろう！」

理不尽だ、とコンラートは思った。魔物が人間の争いに介入するなどおかしいと。

「関係はね、あるのよ、一応」

この吸血鬼とラーマ国に関係がある？　騎士団で情報収集や諜報を担当していたコンラートだが、そんな話は聞いたことがなかった。

「いや待て、待ってくれ。何が望みだ？　欲しい物があれば何でもくれてやる。人か、人が欲しいのか？　だっておまえらは人の血を吸うのだろう？　何人だ？　何人必要だ？　いくらでも用意してやる。いや、毎日用意しよう！　俺が王国を乗っ取ればたやすいことなんだ！　人だけじゃないぞ？　金だって物だって思いのままだ！　何が欲しい？　何が望みだ？」

「難しいことを言うのね、騎士様は」

ルナは呆れていた。

「わたしが欲しかったのは、人並みのささやかな幸せ。でも、それは失われてしまって戻ってこないの。ラトの国なら誰でも手に入れることができるはずのものよ。何故あなたはそれで満足しなかったのかしら?」

「何だ、何を言っている? 何でおまえのような化け物が、そこらの庶民みたいなことを言うんだ?」

「化け物だなんて傷つくわ?」

「待ってくれ! 謝る! さっきの言葉は謝る! すまなかった。許してくれ」

コンラートは床にへたり込み、その態勢のまま後ずさった。

「じゃあ、じゃあこういうのはどうだ? わたしの血を吸うんだ。そしてわたしを吸血鬼に変えてくれ。永遠の命を与えてくれ。そうすれば、わたしはおまえの仲間になる。下僕になるんだ。それならいいだろう?」

「……美しくないわね、あなたは」

ルナは目の前の男から興味を失っていた。

「わたしだって血を吸う相手くらい選ぶわ。誰でもいいってわけじゃないの。もっとも振られてばかりだけどね」

ルナがそう言ったとき、部屋にひとりの男が入ってきた。

騎士の鎧を身に纏《まと》った白髪の老人だった。長身でがっしりした体躯。片目には眼帯を付け、身体には他にも無数の傷が見受けられる。それは老人が百戦錬磨の勇者であることを示していた。

「遅くなりました、ルナ様」

老人はルナに頭を下げた。

「久しぶりね、キリアン。すっかり偉い人ね」

ルナはほとんど面影のないキリアンの姿に苦笑した。残った片目と声だけが昔と重なった。

「団長！　何故ここへ！」

コンラートが驚きの声をあげる。キリアンはそのコンラートの姿を見て、落胆した表情を浮かべた。

「まさか直属の部下が裏切り者であったとは……いくら捜しても見つからないわけです。面目ありません」

「片目がないんだから、しょうがないじゃない。見えないものも増えるわよ」

「なんでおまえと団長が知り合いなんだ⁉」

コンラートが叫んだ。

「あなたにはラトとキリアンのことは話したじゃない？　ああ、ラトの正式な名前はラムナートっていうの。自分の王の愛称くらい覚えておきなさい。もう役に立つことはないと思うけど」

「じゃあおまえのした話は……」

「50年くらい前の昔話よ。中々人にはできない話だから、聞いてくれたことは嬉しかったわ。ありがとう」

ルナはにこりと笑った。コンラートの目の焦点はもはやどこにも合っていなかった。

「ルナ様、後はわたしにお任せを。王宮に行ってください。陛下がお待ちです」

キリアンの片目が悲しみを帯びていた。

「……そう、わかったわ。あなたもこんな男にいつまでも構わない方がいいわよ？」

ルナの言葉にキリアンは黙って頷いた。

# epilogue

ルシアナは王宮の門の前に立っていた。

ひとりたたずむ老いた宮廷魔導士を、衛兵たちは奇妙に思っていたが、声をかけることははばかられた。

やがて、どこからともなく白いフードをまとった赤い眼の女魔導士が現れ、ルシアナに声をかけると、ふたりは王宮の中へと姿を消していった。

衛兵たちは白いフードの女魔導士のことをすぐに忘れた。


「そんなにラトの容態は悪いの？」

ルナはルシアナに尋ねた。

「もともと悪かったの。年も年だしね。よく持ったほうだと思うわ」

ルシアナもラトも年齢は70前後だったはずだ。十分に長く生きたと言える。

「ここよ」

ルシアナが案内した先は、玉座の間だった。

「人払いをしておくわ。陛下の、ラト様の最後のご命令だからね……」

ルシアナがルナを見つめた目は悲しみと親愛と、嫉妬が入り混じったものだった。

そのままルシアナは姿を消し、ルナは部屋の中へと入って行った。

「遅かったな」

ラトは玉座に座っていた。

その姿は凛として威厳に満ちたものだった。顔は少しこけてはいたが、青い眼にはまだ力がともっている。とても死に瀕《ひん》しているようには見えない。

そして、まるで王様になったことを誇る子供のように笑っている。

ただ、その身体を巡る魔力はかなり弱いものだと、ルナにはわかった。恐らくはそこから立つことすらできないくらいに。

ラトは最期の意地を張っているのだ。

「ええ、待たせたわね」

「許すぞ？　俺は寛大な男だからな」

ラトは昔と変わらず不遜な物言いをした。

「何で結婚しなかったの？」

ルナは尋ねた。自分のためだとわかっていても、聞かずにはいられなかった。

「結婚したら、もう二度とおまえに会えない気がしてな」

ラトの言う通りだった。恐らくラトが結婚していたら、こうやって姿を現すことはなかっただろう。

「わたしにはそこまでの価値はなかったのに。ラトの人生を縛り付けるようなものなんて、わたしには何も……」

ルナは目を伏せた。昔の自分は価値があるものだと思っていたが、ラトから示されたものはそれを遥かに超えていた。

「何を言う。俺はおまえのために覇を唱えた。世界を変えた。おまえにはそれだけの価値があったということだ。俺以上におまえに価値を見いだした男はいないぞ？　カーンであろうと他の誰であろうとな」

「そこで師匠の名前を出すの？」

他の男の名を出してまで、自分が一番であることを強調する。相変わらずデリカシーのない男だと、ルナは思わず笑ってしまった。

「ひどい人よね、あなたは。しかも、わたしにあんな約束をさせるなんて」

「他の人間の血を吸うな」とラトはルナに約束させた。ルナはその約束を守り通した。結果的になのか、その約束があってのことなのかは、ルナ自身にもわからない。

「ほう、ちゃんと約束を守ったのか？」

ラトは意外そうだった。血の渇きの苦しみを間近に見ていただけに、まさか守れるとは思っていなかったのだろう。そして嬉しそうに顔をほころばせた。

「ええ、嫉妬深い王様との約束だもの。守ったわ」

「偉いな。褒美に俺の血を吸わせてやろう」

「……一応聞くけど、永遠の命は欲しい？」

答えはわかっていた。ただ、もし「欲しい」と答えたら、それは嬉しくもあり、悲しくもあったことだろう。

「魅力的な提案だな。だが、俺は王だ。それも武王と呼ばれた伝説となる王だ。その王が吸血鬼となって生き延びるとなると、ちとカッコ悪いな」

予想通りの答えだった。良かった、とルナは思った。

だが、同時にどうしようもなく寂しかった。

「その答え方、ローガンに似ているわ。男ってみんなそうなのね。伝説の大魔導士だろうと偉大な王様だろうと、中身は子供みたいなカッコつけよ」

「何を言う。伝説の大魔導士と同じ境地に至ったのだ。それだけ俺が偉大だったということだ」

ラトはどこまでも意地っ張りな男だった。それがルナには嬉しかった。

「じゃあ、血だけ吸わせてもらうわ。いい加減、好きなところから吸わせてもらうわよ？」

本来、吸血鬼は首から血を吸うものだ。ルナも血の渇きに悩まされていたときは、首元に噛みつきたい衝動にかられていた。ただ、結局はラトの左腕しか噛んだ経験がなかった。

「そうだな。おまえには大分我慢をさせた。好きにしていいぞ」

ラトはルナの希望を許した。もはや、どこに傷跡をつけようとも、それを気にする必要はなかった。

ルナは玉座に近づくと、そっと顔をラトの首元に近づけた。

翌朝、偉大なる武王ラムナートの死が確認された。病死だった。
だが、その首には、何故か唇の痕が残っていたという。

# last episode

ローラは孤児院に入ることになった。どうしてそうなったのかはわからない。父親は最初からいなかった気がする。母親はいたけれど、いつの間にかいなくなっていた。

色々な大人に手を引かれて――優しい人も面倒くさそうにする人もいたが――、気付けば孤児院に入ることになっていたのだ。

（怖そうなところ）

それがローラが孤児院に抱いた第一印象だった。

大きな建物で左右に広く対称的に作られていて、外壁は黒い石造り。入り口には頑丈そうな鉄製の門。周囲はレンガ造りの高い壁で囲われている。

（ここに入ったら、もう出てこられないのかも）

身体を強張らせて門の前で立ちすくむローラに、連れてきてくれた女の人が微笑みかけた。

「大丈夫よ、ローラ。そんなに怖いところじゃないから」

彼女はローラと繋いでいる手に柔らかく力を入れた。温もりを感じる。

「わたしもね、昔この孤児院にいたのよ？」

「えっ？」

ローラはまじまじと女の人の顔を見た。優しい表情をしている。

「どんなところだったの？」

「そうね……」

女の人は少し考え込んで、それから言葉を継いだ。

「とても大変だったわ」

「大変？」

「色んなことを覚えなきゃいけなかったから。掃除に洗濯にお買い物にお料理に、あと勉強」

「そんなにいっぱい？」

ローラは心配になった。自分は何ひとつできない。何かをして人に褒められたこともない。むしろ、何かをさせられて人に怒られた記憶だけはあった。

「わたし、何もできないよ？」

繋いでいた手に力が入る。帰りたかった。でも帰る場所はない。

「大丈夫よ、ローラ。ひとつひとつ優しく丁寧に教えてくれるから。そうするとね、ひとつ覚えるごとに自信がつくの。自分が少しずつすごくなっていく感じがしてね。ここの院長はそれを『自分に価値を付ける』って教えるんだけど」

「価値？」

「そう、価値よ。物には何にだって価値があるの。お店に並んでいる食べ物とか服には値段が付いているでしょう？　あれが価値。でもね、大切なのはああいう見えやすい価値じゃなくて、自分が自分に付ける価値なの。それがね、生きていく上では一番大事なのよ。でもそれは簡単に手に入らないの。だから、ここで一生懸命頑張る必要があるのよ」

「お姉さんは自分に価値が付けられたの？」

ローラには「自分に価値を付ける」という言葉がいまいちピンときていなかった。野菜とか果物みたいに、自分に値札でも付けるのだろうかと思っていた。

「ええ、もちろん！」

その言葉は明るく力強かった。

「わたしは自分が世界で一番価値があると言えるわ。金貨が何枚あっても決して足りることはないくらい。たとえ人に何と言われようともね。それがわたしよ」

ローラはその女の人を上から下まで見た。普通の恰好をした普通の女の人だ。美人、というほどでもない。でも、明るくて自信に満ちていた。

「あなたが不安なのはわかるわ。わたしも昔はそうだったもの。でも大丈夫。ここに来られたのは不幸だったけど、幸運でもあるのよ？」

ローラはその言葉に背中を押されるような思いで、鉄製の門をくぐった。

広い庭では子供たちが小さな身体を大きくして、掃除をしたり、植物の世話をしていたり、中には建物の修理をしたりしていて、みんな何かに一生懸命だった。

そしてローラに気付くと笑って手を振ってくれた。つられてローラも手を振る。手を振ったことなんて、今まで一度もしたことがなくて、そんな自分に驚いた。大人がするような仕事を子供たちがしている光景は、現実感がなくて空想の中の出来事のように思えた。

建物に扉に近づくと、中からひとりの女性が現れた。

白いローブを羽織っている。黄金の糸を織り交ぜたような美しい髪、絹のような白い肌、そして紅玉のような赤い眼からは意志の強さが感じられた。でも若い。大人と子供の中間くらいの年だ。

「あなたがローラね」

その女性は優しく微笑みかけた。

「わたしはルナよ。あなたを歓迎するわ」

☾

言われた通り、孤児院での日々は大変だった。ローラはとにかく仕事をさせられた。掃除に洗濯に買い物に料理。いきなりやらされることはなくて、まずは年上の子がやるのを間近で見た。それから丁寧に教えてもらって、最後に自分でやる。

やっぱり最初はうまくいかなかったけど、それでもできたことを褒めてくれた。できなかったことを怒られることはあまりなかった。そうすると、ローラも頑張ろうという気になれる。

確かに毎日大変だけど、自分たちで作った食事は美味しく感じられたし、寝る時間はたっぷり与えられるので意外と疲れなかった。

頭の中は「次はどうやってうまく仕事をやろう」ということでいっぱいになった。

院長のルナは不思議な人だった。一見、上手くいっているように見える孤児院だけれど、子供同士だからどうしてもいさかいは起きてしまう。それもひとつやふたつではない。だけど、ルナはそういったトラブルを上手に、楽しそうに仲裁していた。

「わたしにはあなたたちのために使える時間がいくらでもあるわ」

それがルナの口癖だった。

ルナのいる院長室はいつも鍵が開いていて、困ったことがあると子供たちはそこを訪ねた。ローラも同い年の女の子と喧嘩になったとき、院長室に行ったことがある。

「喧嘩はね、お互いに興味があるから起こるの」

相談を受けたルナはそう言うと、指先に火を灯した。緑色の綺麗な火。ルナが魔法使いであることはみんな知っていたけれど、時折見せてくれる魔法はローラたちを魅了した。

「興味がなかったら何も起こらないのよ。お互い知らんぷりして、それで終わり。でもそれって面白くないじゃない？　何かあるから面白いのよ。わたしだって、あなたたちが毎日何か起こしてくれるから楽しいわ」

ルナは微笑んで、緑色の火に息を吹きかけた。するとその火は靄《もや》のように薄く広がり、星のような無数の輝きとなって、ローラの身を包んだ。

「わあっ……」

それがどんな魔法なのかローラにはわからなかったけれど、思わず声が出てしまうほど素敵なものだった。

「喧嘩は決して悪いことじゃないから、怖がってはいけないわ。それは真正面から人と向き合うことだから。お互いに言いたいことを言い合って、全部吐き出しあって、それから相手のことを見極めるのよ。うちの子は良い子ばかりだけど、外に出れば良い人ばかりじゃない。狡《ずる》い人もいれば悪い人もいて、合う合わないもあるわ。でもね、強い心があれば悪い人とか狡い人は寄ってこなくなるの。だから、ここにいるうちに強くならなくちゃね」

そう言ってルナはローラの頭を撫でた。

毎日のようにルナと話をしていたわけではないけれど、その言葉はいつもローラの心の中に残った。


仕事ができるようになってくると、今度は勉強を教えられた。

読み書きに簡単な計算。それは買い物などで普段必要な知識となっていたので、頭の中にすっと入っていった。

最初はできるはずがないと思っていたことが、どんどんできるようになってきて、ローラは自分に自信を持つことができた。もちろん、まわりにはもっとできる子もいたし、できない子もいたけれど、それはあまり気にならなかった。

ルナが口を酸っぱくして言ったのだ。

「人間は平等なんかじゃない。だから人と比べても仕方ないじゃない？　できなかったことができるようになった自分を誇りに思いなさい。価値っていうのはね、そういうところに生まれるのよ。だって、最初からお金持ちだった人に何の価値があるの？　親がお金を持っていただけでしょう？　その人自身の価値にはならない。スタートラインはみんな別々だけど、そこから何を積み重ねられたかが大事なのよ。武王は最初から王様だったから偉かったわけじゃない。王様になって何をしたかで評価されているの」

ルナはよく武王の話をした。武王は歴史上、最も有名な人物であり、今もなお国民から愛されている王でもある。その武王のことを話すときのルナはいつも嬉しそうで、懐かしそうで、悲しそうだった。そして、時折武王のことをラトと呼んだ。


ローラはやがて子供のいない夫婦のもとへと引き取られた。

ルナは子供の引き取り先にはいつも慎重で、時間をかけて見定めていた。実際、ローラを引き取ってくれた夫婦はとても良い人たちだった。母親の家事の手伝いをすると喜ばれ、父親の仕事の手伝いをすると驚かれた。両親はとてもローラを大事にしてくれた。時折、孤児院を訪れると、そこにはまったく変わらない姿のままのルナがいて、いつもローラのことを歓迎してくれた。

それからローラは結婚して、子供を産んで、育てて、年老いた。

引き取ってくれた両親は亡くなり、自分の夫も先に亡くした。自身も死の床についたが、看取ってくれるのは自分の子供や孫たちで、それは幸せなことだったが、少し心細さも感じていた。


——いよいよかな——と覚悟した夜更け。枕元に誰かが立っていた。

月の光に照らされたその人は赤い眼をしていた。

「お別れにきたわ」

ルナは死神のようなことを、天使のように優しく告げた。ローラも死ぬのは怖かったが、今の自分よりも遥かに若いルナの姿に安堵を覚え、その恐怖は薄れていった。

「ありがとう、ルナ。最期に会えてうれしいわ」

ローラの伸ばした手をルナはそっと握る。

「ねえ、ローラ。あなたは永遠に生きたいかしら？」

手を取ったルナは、ひとつの質問を投げかけた。

「いいえ。十分価値のある人生を送ったわ。死ぬのは怖いけど、何物にも代えられない人生だった。それにあなたが来てくれた。これ以上の終わりはないわ。あなたのおかげよ、ルナ」

「良かったわ」

ルナは愛おしそうに微笑んだ。

「あなたは命をまっとうした。それはとても美しくて価値のあるものだった。何も恐れるものはない。誇りに思っていいわ」

その言葉はローラの心にすっと落ちて、まどろむように永遠の眠りについたのだった。

# あとがき

Written by Daken

エンディングのエピソードは書籍版オリジナルのものなのですが、実はもうひとつ別にエンディングを書いています。

そちらはカーンが吸血鬼になる儀式に関するエピソードなのですが、担当さんから「カーンがルナを女性として見ているようで気持ち悪い」という理由で却下されました。

もちろんそんなつもりはなく、生涯魔道を追い求めたカーンが本当に欲しかったものは何だったのか、あのとき何が起こったのかを書いたものとなっていました。

ただ、担当さんがそういう感想を持ったのであれば、他にもそういう風に感じる方がいてもおかしくないと思い、泣く泣くエンディングを差し替えたわけです。

その没になったエピソードですが、帯と奥付にあるアドレスからアンケートに回答して頂けると読めるようになっています。没と言っても、内容としては正しく本編に連なるものなので、是非読んで頂けると嬉しいですね。

最後に、担当さん、イラストを描いて頂いた遠田さん、デザイナーさん、そして、この本に携わって頂いたすべての方々に感謝を。おかげで素晴らしい話になりました。美しい物語になりました。本にしてもらえて本当に良かった。

駄犬

ご刊行
おめでとうございます!!

首筋に永遠の愛を

## 駄犬
*Daken*

この物語を最高の形で出版することができました。
イラストもデザインも、これ以上のものはありません。
自分は幸運です。
後は読者の心にこの物語が届くことを願うだけです。

## 遠田志帆
*Shiho Enta*

人として生き、人を愛することの尊さ。それは儚くも永遠であること。
この傑作の壮大な魅力は、私の語彙力ではとても表現しきれません。
そして極上の装幀。優しい担当編集さん。
ルナという崇高な少女像を私に委ねてくださり本当にありがとうございました。

GC NOVELS
# 死霊魔術の容疑者
2024年4月6日　初版発行

著者　駄犬
イラスト　遠田志帆

発行人　子安喜美子
編集　並木慎一郎
装丁　田邉祐希（BALCOLONY.）
印刷所　株式会社平河工業社
発行　株式会社マイクロマガジン社

〒104-0041　東京都中央区新富 1-3-7　ヨドコウビル
[販売部]TEL 03-3206-1641 ／ FAX 03-3551-1208
[編集部]TEL 03-3551-9563 ／ FAX 03-3551-9565
https://micromagazine.co.jp/

ISBN978-4-86716-557-7　C0093


本書は小説投稿サイト「小説家になろう」(https://syosetu.com/) に
掲載されたものを、加筆の上書籍化したものです。





### ファンレター、作品のご感想をお待ちしています！
宛先
〒104-0041
東京都中央区新富 1-3-7　ヨドコウビル
株式会社マイクロマガジン社　GCノベルズ編集部
「駄犬先生」係「遠田志帆先生」係

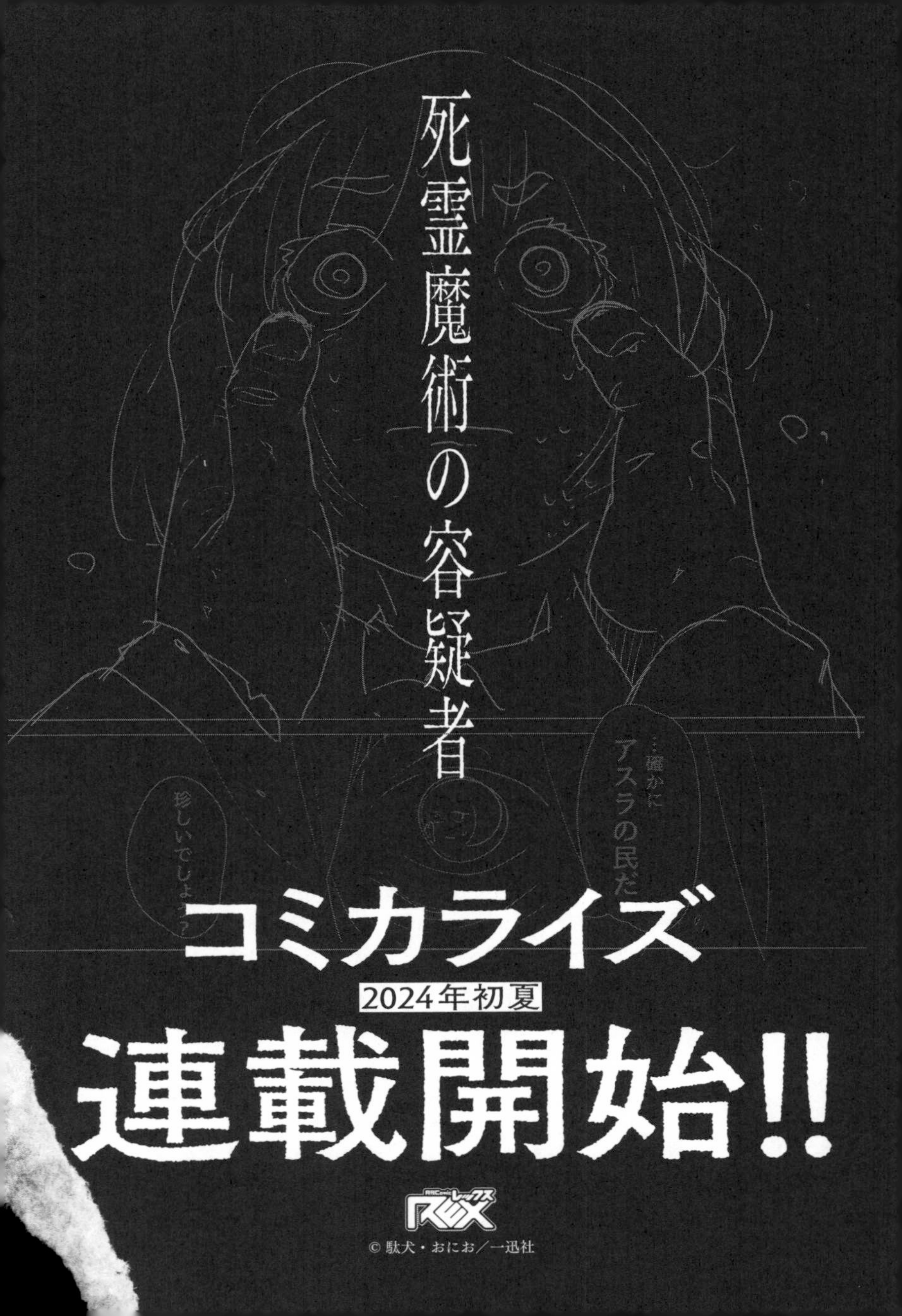
死霊魔術の容疑者
…確かに
アスラの民だ
珍しいでしょう?
コミカライズ
2024年初夏
連載開始!!
月刊Comic REX
© 駄犬・おにお／一迅社